K.

Jan Weiler

Mein neues Leben als Mensch

Illustriert von
Larissa Bertonasco

Kindler

Die Texte auf den Seiten 15, 18, 30, 34 und 37
erschienen zwischen April und Juli 2009 im *Stern*.
Der Beitrag auf Seite 43 ist bisher unveröffentlicht.
Alle anderen Kolumnen wurden zwischen August 2009
und Mai 2010 in der *Welt am Sonntag* veröffentlicht.
Alle Texte wurden für dieses Buch überarbeitet.

1. Auflage September 2011
Copyright © 2011 by Rowohlt Verlag GmbH,
Reinbek bei Hamburg
Umschlaggestaltung
Anzinger | Wüschner | Rasp, München
Cover- und Innenillustrationen © Larissa Bertonasco,
Agentur Susanne Koppe,
www.auserlesen-ausgezeichnet.de
Satz aus der ITC New Baskerville (InDesign) bei
KCS GmbH, Buchholz bei Hamburg
Druck und Bindung GGP Media GmbH, Pößneck
Printed in Germany
ISBN 978 3 463 40619 0

Mein neues Leben als Mensch

Inhalt

Das italienische Krümelgen 11

Der Beste von die Beste 15

Ein Geschenk für Jürgen 18

Saisoneröffnung 21

Meine Frau hat einen Neuen 24

Manieren und Manierismen 30

Butter bei die Würmer 34

Das Sessel-Schicksal 37

Der Lang Lang der Automontage 40

Der Untergang des Abendlandes oder wenigstens
der Modelbranche 43

Methusalem kocht sich ein Ei 46

Mein schönstes Ferienerlebnis 49

Hervorragender Stil 53

In der Twilight-Zone 56

Mein erster Trip zur Sonne 60

Fragen über Fragen 64

Mein leeres Eimerchen 67

Wir haben gewählt 71

Der Erdzwerg 74

Ich bin unheimlich reich 77

Wer nicht schimpfen darf, muss ganz
die Klappe halten 81

Angeln mit Antonio 84

Die Hochzeit des Jahres 90

Vierundzwanzigmal werden wir noch wach 93

Lilly, Gimli und Steve aus Kasachstan 97

Das Obama-Komplott 100

Dümpeln in Tümpeln 104

Endkrasser Boy-Alarm 108

Der Leihhase 111

Lost in Småland 114

Ich hätte da eine gute Weinadresse für Sie! 118

Skandal-Hochzeit in Campobasso 121

Schaffner, Stäube und Schabefleisch im
Speisewagen 124

Ein Herz für Würmer 127

Das Belmondo-Phänomen 131

Ein Abend, wie er sein sollte 135

Die Welt am Sonntag um 6:47 Uhr 138

Die Vuvuzela ist das Horn von Afrika 141

Auf der Wiesn 147

Tippen mit dem Lottoking 151

In kaputten Socken gegen das Fernsehen
anstinken 154

Ein Heim für Gimli 158

Coole Kids kriegen Kahns Kiefer 164

Es ist eine fremde verpixelte Welt 167

Unser Sohn ist aufgeklärt 171

Intuitive Seifenlösungen für integrierte Anwender 174

Brötchen-Philosophie 177

Trauer um Gimli 180

La Befana war da! 184

Germanische Knödel und östliche Unholde 187

Antonios Super-Medizin 190

Schweinsgedöns und Kommunismus 193

Ferber für Anfänger 196

Macht und Mütze 199

Ein Traum von einem Vater 203

Ein grandioses Kinoerlebnis 208

Weiber-Diplomatie 212

Erbfolgen 215

Tonis Extrawurst 218

Gedanken für die Nachwelt 222

Das italienische Krümelgen

Die Salzstange ist das Baguette des kleinen Mannes. Des sehr kleinen Mannes. In diesem Fall ist der kleine Mann sechs Jahre alt, heißt Nick, hockt neben mir am Schreibtisch und krümelt meine Tastatur voll. Eigentlich mag ich es nicht, wenn er neben mir sitzt, während ich arbeite. Er behauptet zwar immer, dass er ganz still bliebe und gar nichts mache, aber er hält sich nicht daran, zieht Schubladen auf und beschwert sich darüber, dass meine Arbeit langweilig sei. Ob man nicht etwas am Computer spielen oder wenigstens ein paar Filme bei Youtube ansehen könne. Dann schmeißt er irgendwas runter, wird des Zimmers verwiesen und heult, worauf ich väterliche Schuldgefühle entwickle und zum Ausgleich eine halbe Stunde lang mit ihm Fußball spiele. Schließlich möchte ich nicht, dass er später Banken überfällt oder welche gründet und zu seiner Verteidigung anführt, sein Vater habe sich nicht um ihn gekümmert. Also Fußball. Und wer macht währenddessen meine Arbeit? Niemand.

Auch eben gerade kam Nick wieder rein und machte eine Geste, der zufolge er seinen Mund mit einem Schlüssel verriegle. Ich gab ihm eine Chance und zeigte auf den Besucherstuhl neben meinem Schreibtisch. Er nahm Platz und zog eine Tüte Salzstangen hervor, die er geräuschvoll öffnete. Dann schaute er mir stumm dabei zu, wie ich schrieb, und krümelte Laugengebäck in meine Tastatur.

Das «k» und das «ä» knistern bereits. Zum Glück brauche ich das «ä» nicht sehr oft, außer heute, ausgerechnet in diesem Text, denn da kommt «Knäckebrot» drin vor. Auch dies krümelt beträchtlich und ist eine der Leibspeisen meiner Frau Sara. Ich kann dieser Art von Brotgenuss nichts abgewinnen.

Knäckebrot essen ist wie Krieg. Es bringt die schlechtesten Eigenschaften der Menschen zum Vorschein. *Krcks. Knusper. Raspel.* Unsere ansonsten geradezu enervierend harmonische Ehe gerät in marianengrabentiefe Krisen, sobald Sara Knäckebrot isst. *Krck.* Sie liebt das Zeug. Für mich ist das Ersatzbrot für nach dem Atomschlag oder den zweiten Weihnachtstag. (Diese beiden Ereignisse haben miteinander gemein, dass kein richtiges Brot mehr da ist.) Knäckebrot erinnert mich an furnierte Pressspanmöbel und pikt ins Zahnfleisch und macht Radau. Sara stört das wenig. Sie sitzt gern abends auf der Couch, knackt Knäcke und fragt alle fünf Minuten, was der Typ in dem Film gerade gesagt hat. Ich habe es aber genauso wenig verstanden wie sie, ich habe nur sie gehört. Und ihr Knäckebrot. *Krcks.*

Meine Frau krümelt sich durchs Leben wie eine löchrige Zwiebacktüte. Außer im Kino. Dort krümelt sie kaum, denn da schläft sie ein. Die schummrige Beleuchtung dort führt bei ihr zwangsläufig zum Einpennen, ganz egal, wie tumultuös die Veranstaltung ist. Einmal waren wir in einem Film mit Tom Hanks. Er spielte den Angestellten einer Transportfirma, der eines Tages mit dem Flugzeug abstürzt, jahrelang auf einer einsamen Insel lebt und schließlich gerettet wird. Sara pennte ein, noch bevor Tom Hanks auf dem Eiland strandete. Wenige Momente vor dem Ende des Films – der vom jahrelangen Überlebenskampf ausgezehrte Hanks war in die Zivilisation zurückgekehrt – erwachte Sara ruckartig und fragte: «War der Typ nicht eben noch viel dicker?» Also erzählte ich ihr den ganzen Film und verpasste den Schluss. Aber wie gesagt: Normalerweise, wenn sie nicht schläft, krümelt sie.

Das sind die Gene, glaube ich. Sara ist die Tochter eines in den Sechzigern nach Deutschland eingewanderten Gastarbeiters. Ich glaube, ich habe das schon einmal irgendwann erwähnt. Ihr Vater heißt Antonio Marcipane, und meine Kinder nennen ihn seit Jahren «Das Krümelmonster». Wie für die meisten Italiener bedeutet Abendessen für ihn: Weißbrot in Atome spalten, die anschließend auf dem Tisch, unter dem Tisch sowie in der Atemluft verstreut werden.

Seine italienischen Krümelgene hat er an seine Tochter und auch an seine beiden Enkelkinder weitergegeben, was nicht nur unsere Tochter Carla beim Frühstück, sondern auch und besonders Nick jederzeit eindrucksvoll zur Schau stellen.

Wie in diesem Augenblick: Die Tüte mit den Salzstangen ist leer, meine Tastatur ist voll. Er beginnt sich zu langweilen und biegt Büroklammern auf. So kann ich nicht arbeiten. Also muss ich ihn rausschmeißen, was ihn wie immer empört. Ich setze mich wieder an den Schreibtisch, nehme die Tastatur in die Hand, drehe sie um und schüttle sie. Heraus fallen Krümel, Salzkristalle – und eine ganze Kolumne. Na so was!

Der Beste von die Beste

Schönes Wetter. Da kann man ja mal beschwingt mit dem Fahrrad durch die Nachbarschaft fahren. Genau wie Johannes B. Kerner in der Werbung, bloß ohne Wurst. Oder: Minigolf spielen. Mein Sohn Nick ist ganz scharf darauf, seit er vor ein paar Tagen einen krummen Putter aus dem Abfall der Nachbarn gezogen hat. Sein Opa Antonio, der gerade bei uns Urlaub macht, hat ihn mit der Idee angefixt, das Ding auf einem Minigolfplatz auszuprobieren.

Erst zögere ich, doch dann gefällt mir der Gedanke. Zum einen schult das Spiel die Koordination und lehrt auch den jungen Spieler eine gewisse Demut sowie Fairness und soziale Kompetenz. Außerdem unternimmt man etwas an der frischen Luft. Antonio verkündet beim Aufbruch, er sei «Beste von Beste in internationale Vergleich».

Am Platz angekommen, stellen wir uns hinter einer Großfamilie an, die mit Dreiviertelhosen und amphibischen Sandalen erschienen ist, weil es beim Minigolf keine Kleidungsetikette gibt. Diese Form der Demokratie ist scheußlich, aber zu tolerieren, besonders wenn der eigene Schwiegervater zur Begrüßung des Platzwartes die italienische Nationalhymne anstimmt.

Die Gruppe vor uns besteht aus neun Personen, die sich am ersten Loch anstellen wie Dänen im Hochgebirge, obwohl das Loch pipieierleicht ist, wie Nick tadelnd feststellt. Als wir nach einer Viertelstunde an den Abschlag treten, ist Antonio verschwunden. Er hat entschieden, mit Bahn Nummer sechzehn zu beginnen, weil dort gerade niemand spielt. Das verstößt gegen die Platzregeln und das sage ich ihm auch, aber es beeindruckt weder ihn noch Nick, der sich seinem Opa als Bonushindernis in den Weg stellt. Schließlich überzeuge ich sie, doch mit dem ersten Loch zu beginnen und nachdem Nick und Antonio mit neun gemeinsamen Schlägen eingelocht haben, ziehen wir zur zweiten Bahn, an welcher uns abermals die grobmotorische Großfamilie aufhält.

Antonio dauert das nun alles zu lange. Um die Warterei zu überbrücken, hole ich Eis. Bei meiner Rückkehr größere Aufregung. Ein rotköpfiger Herr aus der Gruppe vor uns vermisst seinen Schläger. Eben habe er ihn noch gehabt. Seine Mitspieler und er schwärmen aus, das Eisen zu suchen, und Antonio fragt sie, ob wir währenddessen eventuell überholen dürften.

Bei jedem Schlag misst Antonio zunächst die Entfernung zum Loch, murmelt vor sich hin, spitzt die Lippen und tippt dann gegen den Ball, der mühsam, aber von Antonio lautstark angefeuert über den Belag hoppelt, um schließlich im Grenzgebiet zwischen Blumenkästen und Leitplanken unspielbar liegen zu bleiben, worauf Antonio behauptet, daran seien eklatante Fehler in der Platzarchitektur schuld, welche er korrigiert, indem er den Ball direkt vors Loch legt.

Bei Bahn Nummer acht muss Nick auf die Toilette. Antonio begleitet ihn. Ich übe gerade ein wenig, als der

Mann mit dem roten Kopf in Begleitung des Platzwartes auf mich zusteuert.

«Sie da», ruft er, aber ich reagiere nicht, denn ich bin in meinen nächsten Abschlag vertieft. Beim Minigolf ist höchste Konzentration geboten; man muss sich auch den kleinen Dingen mit Ernst widmen, sonst kommt man zu nichts.

«He, Sie haben meinen Schläger versteckt.»

«Ich? Wie kommen Sie denn darauf?»

«Wir haben ihn gerade im Abfallkorb an Loch sechzehn entdeckt. Und ich habe ihn da bestimmt nicht hineingetan. Unverschämtheit!»

«Sie sollten sich wirklich schämen», sekundiert der Platzwart. Dann streckt er die Hände aus und fordert meinen Ball, das Eisen sowie meine Ergebniskarte. Er spricht ein Platzverbot aus und verweist mich des Geländes.

Nick und Antonio haben das Match dann trotzdem noch zu Ende gespielt, es wäre ja schade gewesen, es einfach mittendrin abzubrechen. Mein Sohn hat übrigens gewonnen, mit zwei Schlägen Vorsprung. Und das gegen den Besten der Besten im internationalen Vergleich. Da bin ich schon stolz jetzt.

Ein Geschenk für Jürgen

Jürgen hatte Geburtstag. Das ist mein Schwager, der Mann von Saras großer Schwester, und es ist unmöglich, für Jürgen ein Geschenk zu finden. Er ist Diplom-Ingenieur, Weinkenner und Esoteriker. Ich war bei der Hausgeburt seiner Tochter dabei und habe alles gefilmt damals, auch seinen schamanischen Dankbarkeitstanz um einen Stachelbeerstrauch am Tag danach. Egal. Er ist jedenfalls schwer zu beschenken, weil er bei der Anschaffung von Produkten auf Details achtet, die mir gewöhnlich entgehen: Alles muss fair gehandelt, biologisch abbaubar und von Hand gearbeitet sein, möglichst ohne Fleisch, ohne Eier und Plastik.

Als ich ihm und Lorella nach der Geburt von Irmine-Appolonia einmal ein – wie ich fand – sehr ulkiges Spongebob-Mobile für das Kinderbett überreichte, kommentierte er dies angeekelt mit den Worten: «Das ist ja wie Psychopharmaka. Nein, das kommt uns nicht ins Haus.» Außerdem habe sein Kind bereits ein Mobile über dem Bett hängen, das habe er sogar selbst gebastelt, und es würde seine väterliche Energie und Liebe quasi im Schlaf auf das Baby übertragen. Er schritt voran und zeigte mir sein Werk, und ich fand, dass es zumindest gut roch. Er hatte es nämlich aus sieben gebrauchten Teebeuteln gefertigt, und die schaukelten nun sanft über dem Kopf des Säuglings. Dieser Ausdruck seiner Vaterliebe, aus dem zusätzlich der Recycling-Gedanke

sowie ein nicht unbeträchtliches Ausmaß an Geiz spra-
chen, bildete den Auftakt zu einer ganzen Reihe von
skurrilen Selfmade-Spielzeugen, die bei ihm und Lorella den Plastikdreck aus den Spielwarengeschäften ersetz-
ten.

Auch wenn sich Jürgen und Lorella gegenseitig beschenken, greifen sie entweder auf Praktisches oder
Scheußliches zurück; meistens kommen sie zu Lösungen, die beide Eigenschaften vereinen. In ihrem Haus
sieht es aus wie auf einer schwäbischen Esoterikmesse,
die Böden sind gesäumt von Gebetsteppichen, an den
Wänden hängen indische Sinnsprüche, und wenn man
ein bisschen Zeit mitbringt, erzählt Jürgen einem gerne
vom hermetischen Weg, den er gerade beschreite, um
die Kundalini-Kraft in sich zu entfesseln. Was schenkt
man einem wie ihm bloß? Und vor allem: warum überhaupt? Zumindest die Antwort darauf ist einfach: Obwohl Jürgen der Ansicht ist, dass irdische Güter grotesk
überbewertet werden, reagiert er auf kindliche Weise beleidigt, wenn man ihm nichts zum Geburtstag schenkt.
Schließlich sei dies eine Gunstbezeugung, auf die auch
er angewiesen sei, denn er sei auch ein Mensch und seh-
ne sich nach Anerkennung. Aha. Na gut.

Allerdings bin ich auf dem Gebiet der Esoterik völlig
unbewandert. Ich kann eine Klangschale nicht von einer Obstschale unterscheiden, und das meiste finde ich
sehr komisch, zum Beispiel dieses Drahtgestell, mit dem
man sich die Kopfhaut massieren soll. Man sieht damit
aus, als habe man ein paar Drähte am Kopf zur Hirntä-
tigkeitsmessung dringend nötig, aber es fühlt sich gut

an. Sogar ich besitze so ein Ding. Und Jürgen auch. Also musste etwas anderes her.

Sara schleppte mich in ein Geschäft, das von einem Vader-Abraham-artigen Herrn bewohnt wurde. Wir trugen ihm unseren Wunsch nach dem *Dernier Cri* der Esoterik-Szene vor, und er verschwand in ein Hinterzimmer, wo er eine Weile laut scheppernd zugange war, bis er schließlich mit einem Karton zurückkehrte, welchem er ein Stück gedrechseltes Kirschholz entnahm. Ganz glatt war es und es sah aus wie eine weibliche Brust. «Das ist ein Handschmeichler», sagte Vader Abraham. Er nenne das Ding «Evas Busen», und man könne nicht anders, man müsse es streicheln. Das sei ein männliches Urbedürfnis, und ich solle es mal ausprobieren. Ich probierte. Es fühlte sich gut an, aber ich vermisste eine Reaktion seitens des Busens.

Wir haben es dann gekauft – war teuer – und Jürgen letzte Woche überreicht. Er war begeistert und streichelte es den ganzen Abend unter den missbilligenden Blicken seiner Gattin. Und die Begeisterung hält an. Ich hörte heute, dass er es mit zur Arbeit nimmt, wo er es streichelt, sobald er unter Stress gerät. Die Vorstellung, dass Jürgen seine Holztitte sogar in Konferenzen schmuggelt, um sie unter dem Tisch zu befummeln, macht mir allerdings schon ein bisschen Angst.

Saisoneröffnung

Die ersten warmen Sonnenstrahlen fielen in den Garten. Ich stand mit einem Espresso am Fenster und sah
hinaus. Ich kann den Winter nicht leiden und genieße
es, wenn grüne Blättchen aus Zweigen brechen und dem
Kältequatsch ein Ende machen. Triumph der guten
Laune. Nick saß am Esstisch und montierte Kanonen
an einen Legomann, den er mir zuvor als «Supor, der
Terrortyp» vorgestellt hatte. Sein Legolem besaß neben
beeindruckender Feuerkraft rollende Füße sowie einen
Hut voller Handgranaten. Ein Meisterstück moderner
Wehrtechnik, geschaffen an kalten Nachmittagen. Doch
nun war es endlich warm. Ich sagte Nick, dass er mal
wieder schön nach draußen könne, vielleicht sogar bar-
fuß. Ein fabelhafter Tag war das, und er wurde immer
fabelhafter, weil immer heißer. Wir saßen dann den ganzen Tag draußen, und ich schwärmte vom Sommer und
dass dieser just an diesem Tage begonnen habe und bitte schön erst im November enden möge. So hätte ich
das gerne.

Nachdem ich die Grillsaison eingeläutet und die Sonne sich verabschiedet hatte, war ich ein bisschen traurig.
Da stand Nick plötzlich freudestrahlend vor mir. Er erläuterte mir, dass er soeben vom Dachboden komme.
«Aha», sagte ich. «Und was hast du da gemacht?» Er
habe dort nach dem Zelt gesucht. Wir besitzen ein Zwei-
Mann-Zelt. Ich weiß nicht, warum. Und wo es ist, weiß

ich auch nicht. Aber Nick wusste es. Er hatte es bereits in den Garten geschleppt und fast zur Hälfte aufgebaut. Der Anblick erinnerte mich an meinen vor vielen Jahren gescheiterten Versuch, dieses Zelt auf einen bretonischen Felsen zu nageln. Dabei hatte ich sämtliche Heringe ruiniert und anschließend mit meiner Frau im Hotel geschlafen. Das ist sowieso viel besser.

Ich fragte Nick, wofür er dieses Mahnmal des unbekannten Campers aufgebaut habe, und er antwortete mit leuchtenden Augen, dass wir drei – er und ich und Supor, die Terrortype – heute Nacht im Zelt schlafen würden. Es fielen mir gleich drei gute Argumente ein, warum das nicht ging. Erstens besitzen wir keine Luftmatratzen. Zweitens habe ich grundsätzlich keine Lust zu zelten, und drittens macht man so was im SOMMER, aber doch nicht im April. Nick hielt dagegen, dass schließlich ich es gewesen sei, der den ganzen Tag behauptet habe, dass der Sommer endlich da sei, und jetzt, auf einmal, sei kein Sommer mehr? Er fühle sich von mir verarscht, sagte er. Wörtlich. Und dann holte der die große Psychokeule raus. Die trifft immer. Er wolle einmal etwas mit seinem Vater unternehmen, ein Vater-Sohn-Projekt. Nur er und ich. Einmal! Bitte! Da bekam ich eine Zukunftsvision: Nick sitzt als erwachsener Mann mit zwölf Geiseln in einer Bank und telefoniert mit einem Psychologen. Dieser fragt meinen Sohn, warum er zum Verbrecher geworden sei, und mein Sohn antwortet kalt: «Weil mein Vater nie mit mir zelten wollte. Und nun räche ich mich dafür an der Gesellschaft.»

Wir packten Proviant ein und Taschenlampen. Ich

legte Kissen aus dem Wohnzimmer in das armselige Zelt,
dann schlüpften wir in unsere Schlafsäcke. Ich erzählte
Nick eine Geschichte, wir leuchteten mit den Taschenlampen herum und machten Faxen, bis Nick einschlief.
Ich hingegen bekam stundenlang kein Auge zu. Brett-
harter eiskalter Aprilboden. Geräusche. Aufs Zelt pin-
kelnde Marder. Ich erwachte gegen Viertel nach sechs
und hatte Rückenschmerzen wie Jesus am Karfreitag.
Neben mir lag Supor, die Terrortype. Nicks Schlafsack
hingegen war leer, kein Sohn drin. Ich pellte mich aus
dem klammen Zelt und ging ins Haus. Herr Sohn lag
gemütlich neben Sara in meinem Bett. Nachdem er aus-
geschlafen hatte, teilte er mit, es sei ja doch recht frisch
gewesen. Man solle froh sein, wenn man ein schönes
Bett habe und nicht auf dem Boden schlafen müsse. Er
bewundere mich aber sehr dafür, dass ich durchgehal-
ten habe. Na immerhin. Hoffentlich erinnert er sich an
diese Heldentat, wenn er eine Karriere als Verbrecher
ins Auge fasst.

Meine Frau hat einen Neuen

Ich habe nichts gegen Pferde. In meiner an Ignoranz grenzenden Vorstellung sind Pferde im Grunde genommen Kühe ohne Euter und Hörnchen. Ich fürchte mich ein wenig vor ihrer Größe und ihren französischlehrerhaften Zähnen, habe aber ansonsten keinerlei Beziehung zu diesen friedlichen Tieren. Wir, also die Pferde dieser Welt und ich, leben gewissermaßen nebeneinanderher. Und bisher spielten Pferde auch keine große Rolle in meiner Ehe. Bis Karin kam.

Sie ist eine alte Bekannte meiner Frau und zog zufällig vor einem halben Jahr in die Nachbarschaft. Sara und Karin frischten ihre Jugendfreundschaft wieder auf, und eines Abends erzählte Sara, dass sie früher gemeinsam geritten seien, sogar in den Ferien auf einen von gleichgesinnten Mädchen berstenden Pferdehof fuhren und dort wochenlang striegelten, sich bei ihren Schutzbefohlenen ausweinten und über flache Hindernisse sprangen.

Diese Seite an meiner Frau war mir bis dahin verborgen geblieben. Nie war in sechzehn gemeinsamen Jahren die Rede von dieser verschüttgegangenen Leidenschaft gewesen. Aber wir haben uns auch nie über meine adoleszente Playboy-Sammlung unterhalten, wenn ich es mir recht überlege. Jedenfalls holte uns Saras Kindheit massiv ein, denn Karin hatte im Gegensatz zu Sara nie mit dem Reiten aufgehört. Sie nahm Sara mit in den

Stall, wo ihr Hannoveranerwallacharaberhengst steht, schnauft und pointenlos vor sich hin äpfelt. Ich durfte mitkommen.

Sara verwandelte sich in ein zwölfjähriges Mädchen, gab «Burgunderkönig» ein Stück Zucker und rupfte Heu aus dessen Mähne, während ich ständig damit rechnete, von Burgunderkönig zertrampelt oder angekackt zu werden. Wieder zu Hause, war Sara eine andere geworden. «Ich will ein Pferd», sagte sie in einem Ton, zu dem nur Frauen in der Lage sind. «Und ich will einen Aston Martin DB9», antwortete ich. In ihm sind zu einem vergleichbar günstigen Preis gleich vierhundertsechsundsiebzig Pferde enthalten, und so ein Aston Martin riecht allenfalls nach Pferdeleder, aber nicht nach Pferd.

Sara fuhr nun täglich in den Stall, um Burgunderkönig zu besuchen. Nick und Carla gingen mit, und binnen einer knappen Woche ereilte sie allesamt eine ausgewachsene Pferdemeise.

Selbst Nick, der bisher einen Froschlurch nicht von einer Blaumeise unterscheiden konnte, wollte nun unbedingt reiten. Jetzt strebt er eine Karriere als Jockey an, seit ihm jemand erzählt hat, dass man dafür klein sein müsse. Ich erklärte ihm, dass man dafür vor allen Dingen auch klein *bleiben* müsse, und er antwortete, dass das für ihn kein Problem sei, solange ich kochen würde.

Carla würde gerne springreiten, und zwar weil da die Haare so schön in die Luft fliegen. Das kommt nicht in Frage. Pferde wollen von Natur aus überhaupt nicht springen. Sie springen überhaupt nur, weil sie doof sind.

Diese These bringt meine Tochter zum Schäumen. Es gehöre weit mehr dazu, über einen Zaun zu springen, als davor stehen zu bleiben. Es sei ein Ausdruck von Freiheitswillen, behauptet sie steif. Ich finde, es ist eher ein Ausdruck von Panik und Getriebenheit, aber ich gebe gerne zu, dass ich von Pferden nicht viel verstehe.

Auch Sara bekundete Interesse an einer Reitsportart, die viel mit Intelligenz und Disziplin zu tun hat, jedenfalls auf Seiten des Reiters: Dressur. Dressur ist, wenn der Sportreporter bei den Olympischen Spielen ebenso kenntnisreich wie eingeschüchtert Sätze wispert wie: «Bommerlunders Hinterhand liegt wirklich unglaublich tief unter dem Schwerpunkt.»

Eines Abends, die Kinder waren schon im Bett und gaben auf diese Weise zu den schönsten Hoffnungen meinerseits Anlass, kuschelte sich Sara an mich und sagte: «Ich will ein Pferd von dir.» Sie fügte hinzu, dass es für sie wichtig sei. Für die Kinder. Und damit letztlich auch für mich. Ich sah in ihre Augen, und diese hatten Pferdeaugenform angenommen und jenen eigentümlichen Glanz, der jeden noch so stoffeligen Pferdeignoranten jegliches rationale Argument vergessen lässt.

Dann wurde ich wochenlang unter massiven psychischen Druck gesetzt. Ich fühlte mich wie der amerikanische Notenbankpräsident und kaufte meiner Frau schließlich ein Pferd. Mir selbst gegenüber rechtfertigte ich diese Anschaffung damit, dass man auf diese Weise mindestens für ein Jahr Sauerbraten im Haus hätte.

Wenn ich allerdings auch nur geahnt hätte, was ich mir mit dem Kauf dieses gigantischen Tieres antun würde, hätte ich mir eine Allergiebescheinigung vom Arzt geben, ich hätte mir eine Pferdegrippe spritzen lassen, ich hätte, hätte, hätte. Habe ich aber alles nicht. Ich habe Black Pearl im Gegenteil widerspruchslos Zugang zu meiner Frau verschafft und auf diese Weise unsere Ehe in eine tiefe Krise manövriert.

Natürlich fand ich schon mal gleich als Erstes den Namen bescheuert. Black Pearl. Immerhin teilten unsere Kinder diese Meinung. Carla plädierte dafür, den Wallach lieber Blacky zu nennen, was Nick ablehnte, weil Blacky ihm zu weiblich klang. Er schlug Schnuffi vor, was Carla für mindestens ebenso weiblich und dem Stockmaß des Tieres nicht angemessen hielt. «Meerschweinchen heißen Schnuffi, aber nicht Pferde, die ein ganzes Auto ziehen können», sagte sie, und damit hatte sie recht. Ich schlug vor, dass Tier Hans Eichel zu taufen, weil es so ähnlich guckte, aber das erboste Sara, die sich wünschte, dass ich ihrem neuen Freund mit ein wenig mehr Ernst begegnen möge. Wir einigten uns erst einmal auf den Namen Perle, was in Anbetracht der Tatsache, dass es sich um einen Herrn handelt, zwar etwas schwul klingt, aber das weiß Perle ja nicht.

Perle ist eigentlich ein ganz ruhiges Pferd. Er hätte auch weiterhin in Frieden leben können, wenn Sara nicht angefangen hätte, Reitstunden bei einer ehemaligen ukrainischen Olympionikin zu nehmen, die bald einen geradezu ostblockmäßigen Ehrgeiz in meiner Frau entfesselte. Sie machte eine erste Reiterprüfung, um an Turnieren teilnehmen zu dürfen, und seitdem ist bei uns den ganzen Tag von Perle die Rede. Wie Perle heute brav gegangen sei. Dass Perle, obwohl sechsjährig, noch nie Koliken gehabt habe und wie schön sein Fell aussähe. Und der neue Sattel käme nächste Woche, und das Heu sei ganz frisch und die Gamaschen orange. Ich habe auch keine Koliken, mein Fell ist ebenfalls tadellos, und ich brauche keine Gamaschen, um glücklich zu sein, geschweige denn orange Gamaschen. Aber für mich interessiert sich zu Hause kein Schwein mehr.

Sie finden, das klingt nach Eifersucht? Das ist Eifersucht. Ich werde weder gestriegelt noch gefüttert, nicht trocken geritten und auch nicht in die Führmaschine gestellt. Ich bekomme keinen Zucker und keine Extravitamine, ich werde einfach mir selbst überlassen. Beinahe hätte das zu ernsthaften Auseinandersetzungen geführt, aber dann kam Sara mit einem gelben Aktenordner und einem ernsten Gesichtsausdruck auf mich zu.

«Kannst du mich abhören? Für mein erstes Turnier.»

Ich sah auf die Übung, und plötzlich hatte der ganze Reitsport für mich einen Sinn. Auf einmal liebte ich Dressur, einen Sport, den ich bis zu diesem Moment für den Ausdruck einer erstklassigen Upper-Class-Schrulle gehalten hatte. Warum? Weil die Sprache mich bezauberte. Eine *Piaffe* zum Beispiel ist ein bestimmter Schritt, bei dem Pferde in etwa so aussehen wie Otto Waalkes, wenn er auf die Bühne kommt. Sehr ulkig, die Pferde, die so etwas können. Ist aber offenbar schwierig.

Bei ihrem ersten Turnier mussten Sara und Perle allerhand komplizierte Schrittfolgen absolvieren, zum Beispiel gemeinsam im versammelten Trab einreiten, halten und grüßen. Dann halbe Volte rechts und halbe Volte links, Mitteltrab, versammelter Trab und auf die Mittellinie abwenden. Nach rechts traversieren, auf der Wechsellinie abwenden, Kurzkehrt rechts, Mittelschritt. Wenig später Obacht, es folgt eine ergiebige Fehlerquelle beim Halten, eine Pferdelänge rückwärts richten und daraus im versammelten Tempo rechts angaloppieren.

Sara und Perle meisterten die ganze Aufgabe inklusive des fliegenden Galoppwechsels nahezu fehlerfrei.

Ich war ganz gegen meine erklärte Absicht begeistert. Mit der noch laufenden Videokamera in der Hand wechselte ich durch die ganze Bahn, traversierte im versammelten Galopp zum Getränkezelt, hielt an, grüßte und bestellte zwei Gläser Sekt. Damit piaffierte ich in Richtung Mittellinie, wo Perle gerade eine rote Schleife an den Kopf gesteckt bekam. Sara saß immer noch vor Freude und Anstrengung dampfend auf dem Rücken des Pferdes. Sie sah sehr glücklich aus. Wunderbares Mysterium Reitsport!

Manieren und Manierismen

Immer häufiger wird bei uns über diese profanen und ermüdenden Erziehungsthemen geredet. Wir sprechen zum Beispiel auffallend oft darüber, wie man sich bei Tisch hinsetzt, was man bei Beerdigungen oder Taufen anzieht (keine Fußballtrikots) und dass man die Kopfhörer beim Essen abnimmt. Das findet unsere Tochter spießig.

Ich bin darüber ein wenig verstimmt, immerhin zwingt sie mich dazu, Rollen zu spielen, die mir überhaupt nicht liegen, nämlich die der blöden autoritären Wurst und des Spielverderbers. Als wir vorgestern mal wieder eine Unterhaltung darüber führten, dass wir nicht wie die Hunnen unser Essen in uns hineinstopfen, sondern langsam und kultiviert sowie mit Messer und Gabel, überraschte mich Carla mit der Durchsage, sie würde gerne einmal bei der englischen Königin speisen.

«Da dürftest du dich aber nicht so aufführen wie hier», merkte ich an.

«Eben doch, das ist es ja», behauptete Carla und setzte mir auseinander, dass es am englischen Hof Sitte sei, dass die Königin die schlechten Tischmanieren ihrer Gäste nicht nur toleriere, sondern sie ihrerseits sogar annehme, um die ausländischen Bankettteilnehmer nicht zu brüskieren. Wenn also ein exotischer Potentat sich den Mund mit dem Tischtuch abwische oder hin-

einniese, so würde dies von Königin Elisabeth II. nach-
geahmt, damit sich der Gast wohl fühle.

Diese Vorstellung fand ich bezaubernd. Sie eröffnet
wunderbare Gedankenspiele darüber, wozu sich die
englische Königin bei Tisch wohl hinreißen lässt, wenn
man es ihr nur vormacht. Auch Nick war begeistert. «Ich
würde sofort riesig einen fahrenlassen», rief er, erfreut
von der Idee, dass Elisabeth II., von Gottes Gnaden Königin des Vereinigten Königreiches von Großbritannien
und Nordirland und ihrer anderen Länder und Gebie-
te, Oberhaupt des Commonwealth sowie Verteidigerin
des Glaubens, ihm zuliebe Darmwinde entließe.

Ich beendete die Diskussion, indem ich behauptete,
dass es so eine Benimmregel am britischen Hof ganz bestimmt nicht gäbe, schon weil Tischsitten international
seien, und wenn die Geschichte doch stimme, würden
wir die Queen ganz bestimmt nie zu uns nach Hause
einladen. Wer weiß, was die dann alles am Tisch veran-
staltet, um auch mal lustig zu sein, und überhaupt sollen sich die Kinder mit ihrem Benehmen nicht am
englischen Hochadel orientieren, sondern gefälligst an
mir.

Der Michael Jackson habe sich als reicher Popstar
zu Hause bei Tisch bestimmt aufführen dürfen wie ein
Erdferkel, behauptete Nick. Das mag sein, zumal an
Jacksons Seite jahrelang ein Affe dinierte. Das habe ich
übrigens mit Michael Jackson gemein, denn mein Sohn
verhält sich während der Mahlzeiten bestimmt nicht anders als einst Jacksons Schimpanse Bubbles, wenn nicht
sogar unzivilisierter.

Wir haben zum Zwecke der Normierung unseres Nachwuchses, und weil man das eben so macht und weil ich in Ruhe essen möchte, bereits vor einiger Zeit Tischregeln aufgestellt. Man darf zum Beispiel bei uns die Füße nicht auf dem Tisch ablegen, und zwar weder vor noch während noch nach dem Essen, also eigentlich nie. Sara behauptete den Kindern gegenüber, das sei eine ganz schlimme Unart und sie und ich würden so etwas schließlich auch nicht machen. Das stimmt nicht ganz. Ich liebe es nämlich, die Füße auf den Esstisch zu legen. Manchmal kippele ich dabei auch noch mit dem Stuhl und lese so die Zeitung. Das mache ich allerdings nur, wenn ich alleine bin. Sara weiß bisher nichts davon, und unsere Kinder dürfen diesen Text niemals zu Gesicht bekommen, damit sie nicht Glauben und Vertrauen in unsere Erziehungsmaßstäbe verlieren.

Diese richten sich streng nach den konventionellen Regeln der Höflichkeit und werden regelmäßig mit neuen *Do's* und *Don'ts* angereichert, über die ich in Saras Frauenzeitschriften lese, welche ich auf dem Klo studiere. Ich verfolge die Entwicklung der Etikette mit größter Aufmerksamkeit. Erst neulich las ich zum Beispiel die neuen Benimmempfehlungen für Gäste und Gastgeber. Da antwortete eine adlige Autorin auf die Frage, ob man als Gast Blumen mitbringen solle, dass man diese ein bis zwei Tage vorher zu schicken habe, denn «wer will schon den halben Abend nach passenden Vasen suchen?». Diesen Satz fand ich ganz unglaublich glamourös. Ich stellte mir sofort vor, wie die Käuferinnen dieser Zeitschrift halbe Abende lang in ihrer Zweizimmerwohnung nach einer Vase suchen. Und zwar nicht nach überhaupt einer Vase, sondern nach einer *passenden* Vase.

Wir besitzen im Ganzen sechs Vasen unterschiedlicher Größe und dazu noch acht ausgetrunkene Sanbitterfläschchen, in die man Gänseblümchen stecken kann, was einen völlig unprätentiösen und lässig-stylischen Tischlook abgibt, wie ein Frauenzeitschriftendekoredakteur jetzt schreiben würde. Noch nie habe ich nach einer passenden Vase suchen müssen, weil die bei uns alle an derselben Stelle stehen, und irgendeine passt auf jeden Fall. Meine Frau freut sich immer sehr, wenn man ihr Blumen mitbringt, und rubbeldikatz werden sie auf den Tisch gestellt. Und das soll jetzt nicht mehr richtig sein? Gut. Bitte schön.

Ich bringe sowieso lieber Wein mit. Ist aber – aktueller Stand – ebenfalls verkehrt. Wer nämlich dem Hausherrn eine Flasche Château Brane-Cantenac Jahrgang 2004 in die Hand drückt, beleidigt ihn im Subtext: «Hier bitte schön. Am besten, wir machen die Pulle gleich auf, dann gibt's wenigstens was Ordentliches zu saufen.» Meistens stimmt das zwar, aber es diskreditiert den Gastgeber natürlich auf das Schlimmste. Dieser hat schließlich schon vor Stunden den Wein geöffnet – und dann den halben Nachmittag nach einem passenden Dekanter gesucht.

Die Königin von England hat bestimmt ein eigenes Zimmer für ihre vielen, vielen Dekanter.

Butter bei die Würmer

Hammernachricht des Tages: Skandinavische Wissenschaftler haben vor der schwedischen Küste in hundertfünfundzwanzig Metern Tiefe neue Wurmarten entdeckt! Meine Bewunderung für derartige Forscherleistungen ist enorm. Man fragt sich zwar, wofür man so dringend wissen muss, dass einige dieser Würmer zu den sogenannten Krypto-Spezies gehören, die zwar von außen identisch aussehen, sich aber wenigstens in ihrem Inneren unterscheiden. Aber man soll derartige Informationen nicht bewerten, sondern atemlos begeistert entgegennehmen. Hauptsache, es gibt noch Menschen, die in hundertfünfundzwanzig Metern Tiefe nach Würmchen suchen. Wie machen die das bloß? Sie genießen meinen größten Respekt, denn mir gelingt es nicht einmal, hinter der Couch in vierzig Zentimetern Tiefe meine Fernbedienung zu entdecken. Die brauche ich aber dringend, weil ich immer umschalten muss.

Ich bin ein leidenschaftlicher Umschalter. Wenn es einem Programm nicht binnen weniger Sekunden gelingt, mich von sich zu überzeugen, bin ich weg, zack, mit basisdemokratischer Konsequenz. Ich bin übrigens der von mir selbst durch wissenschaftliche Versuchsanordnungen erwiesenen Überzeugung, dass Männer besser zappen können als Frauen. Sara zum Beispiel braucht zu lange, um zu erkennen, dass eine Sendung langweilig, trist, öde, schon gesehen oder auf zermürbende Art ästhetisch inakzeptabel ist. Deswegen gebe ich die Fernbedienung niemals her, ich halte sie fest umklammert wie ein Nachkriegsopa die Butterdose.

In den fünfziger Jahren wurde Butter noch wertgeschätzt und rationiert. Und noch vor knapp dreißig Jahren antwortete der Spitzenkoch Paul Bocuse auf die Frage nach den drei wichtigsten Zutaten der feinen Küche: «Butter. Butter. Und Butter.» Heute muss man sich rechtfertigen, wenn man erst Butter und dann noch Nutella aufs Brot schmiert. Fett hat leider eine dramatisch schwindende Lobby. Damit geht es der Butter wie der Wahrheit. Letztere wird zwar genauso dringend gebraucht, aber viele würden am liebsten auf sie verzichten, besonders in der Politik.

Ausnahme: Peer Steinbrück, der erstens aussieht, als äße er sehr gerne Butter, und sich zweitens als Bundesfinanzminister geradezu als Wahrheits-Aficionado hervortat, indem er stets verkündete, nicht den Doofmann spielen zu wollen und daher keine falschen Versprechen zu machen. Die Zeiten seien hart und schwer und würden vermutlich noch härter und noch schwerer, rief er einmal. Auf die Journalistenfrage, wie er sich die Popularität seines im Wahlkampf vor Agilität berstenden Kollegen zu Guttenberg erkläre, antwortete Steinbrück mit traurigem Gesicht: «Er sieht einfach besser aus.» Das stimmt und belegt die alte These, nach welcher die äußere angenehme Form dem wertvollen Inhalt stets überlegen ist, wovon die gerade entdeckten Meereswürmer ein Lied singen können.

Ich lade Herrn Steinbrück hiermit zu mir nach Hause ein. Es stehen Taschengeldverhandlungen an, und da könnte ich ihn gut gebrauchen. Meine Kinder wollen immer mehr Geld, Geld, Geld. Sie argumentieren lafontainesk mit tief klaffenden Einkommensunterschieden innerhalb unseres Familienverbundes und beschimpfen mich als Bonzen, der sich prinzipiell alles leisten könne und sie hemmungslos für diese Kolumne ausbeute. Das Argument, dass meine Arbeit letztlich dazu diene, später einmal ihre versifften Studentenbuden in Freiburg oder Göttingen zu bezahlen, lassen sie nicht gelten. Sie wisse ja noch gar nicht, ob sie überhaupt studieren wolle, drohte Carla jüngst. Da könne ich ihr das Geld ebenso gut schon jetzt aushändigen, gerne auch ratenweise in Gestalt eines drastisch erhöhten Taschengeldes. Ich brachte nur ein höhnisches Lachen zustande und einen Hinweis auf den kleinen Vogel, der offenbar hinter ihrer Stirnplatte wohne. So richtig diplomatisch war das nicht. Manchmal fehlen mir die Worte. Ich wünschte dann, ich hätte solche Sorgen nicht und lebte als Wurm in schwedischen Gewässern. Ich knabberte den ganzen Tag an Walbäuchen herum, an fettigen, buttrigen Walbäuchen.

Das Sessel-Schicksal

Als Sara und ich gerade ein paar Monate zusammen waren, das ist nun sechzehn Jahre her, fassten wir den Beschluss, es mit einer gemeinsamen Wohnung zu probieren. Wir waren verliebt, aufgeregt und voller Pioniergeist. Und wir kauften unser erstes gemeinsames Möbel: einen Sessel. Ich liebte den Sessel. Ich liebe ihn noch immer. Er ist ein Eineinhalbsitzer für normale Personen. Oder für sehr schmale Menschen ein Zweisitzer oder für sehr Dicke ein Einsitzer. Wir saßen aber dann nie zu eineinhalb drauf. Meistens benutzte ich ihn alleine und las darin oder sah fern. Es handelte sich um ein recht schlichtes, fast schon bauhäuslerisch kantiges Möbel, bezogen mit einem ebenso festen wie rauen sandfarbenen Baumwollstoff. Sitzkissen, Rückenkissen, alles waschbar, herrlich. Donnerwetter! Was für ein Sessel!

Dann kamen die Kinder, und mein Sessel begann Sara zu stören. Er war das falsche Ding am falschen Platz. Sie fing an, gegen den Sessel zu intrigieren, und schließlich wich er kompromisshalber ins Schlafzimmer. Dort diente er als Ablageplatz für getragene Wäsche, die ihn nach und nach wie eine Art Moosflechte überwucherte. Niemand saß mehr drauf. Nachdem ich einmal für zwei Wochen unterwegs war, musste ich bei meiner Rückkehr feststellen, dass der Sessel nicht einfach nur unter den Kleidern, sondern tatsächlich verschwunden war. Weg. Ich fragte Sara, und sie teilte mir mit, dass sie den Sessel unserem Au-pair-Mädchen überlassen habe, weil seit Jahren kein Mensch mehr darauf gesessen habe.

«Ich hätte gerne drauf gesessen, aber du hast deine Klamotten draufgelegt», sagte ich schwach.

«Die habe ich nur draufgelegt, weil du nicht dringesessen hast», entgegnete sie. Und dass kein Mensch in seinem Schlafzimmer im Sessel säße.

«Doch, ich.» Ich hatte nur nie die Gelegenheit dazu bekommen.

Natalya, unser Au-pair-Mädchen, nutzte den Sessel tatsächlich. Sie stapelte ihre Bücher darauf und benutzte ihn als Ablage für Studienmaterial. Manchmal, wenn sie Besuch bekam, räumte sie die Sitzfläche frei, denn dann brauchte sie den Sessel, um dort ein Tablett abzustellen. Studentinnen trinken gerne Tee, den sie auf einem Tablett in ihr Zimmer tragen und auf Sesseln abstellen. Dann setzen sie sich im Schneidersitz auf den Fußboden und unterhalten sich auf Russisch über ihre Gasteltern. Falls ihre Gesichter dabei Farbe und Ausdruck von tschetschenischen Milizen annehmen, sollte man Gebäck zum Tee reichen, sonst wird's unter Umständen heikel und die ganze Wäsche ist am nächsten Tag rosa. Aber das nur nebenbei.

Nach gut eineinhalb Jahren ist Natalya vor kurzem ausgezogen. Sie hat ihren alten Computer und ihre Fotoalben mitgenommen und viele Erfahrungen sowie einige Jeans und T-Shirts von Sara. Und sie hat das Schicksal meines Sessels besiegelt. Dieser wurde von Sara und einer willfährig agierenden subalternen Kraft, vermutlich unserer Tochter, in den Keller geschleppt, weil Natalyas Zimmer nun für Gäste umgestaltet wurde. Und denen könne man «das Monster», wie Sara meinen Sessel schalt, nicht zumuten.

«Das war unser erstes Möbel», jammerte ich.

«Ja, und wir hätten damit warten sollen, bis wir etwas Schönes finden.»

«Ich liebe ihn. Er ist ein sandfarbenes Symbol für unsere Beziehung.»

«Er ist nicht sandfarben, sondern senffarben. Und ein Symbol für deine Sentimentalität.»

Nun steht er also im Keller, mein Sessel. Manchmal, wenn ich eine Flasche Wein hole, mache ich einen kleinen Bogen und setze mich drauf, streichle die Armlehnen und seufze leise. So ist die Ehe, meine jedenfalls. Aber es gibt Hoffnung.

Neulich war ein alter Freund da. Frank. Er ist Redakteur bei einer Zeitschrift für Architektur und Einrichtung. Ein Styler, ein First Mover, ganz vorne. Er nippte an seinem Spritz und fragte dann: «Wo ist eigentlich dieser geile Sessel?», Dieser Ralph-Lauren-Hampton-Martha's-Vineyard-Sessel?» Sara überhörte die Frage und wechselte das Thema. Aber zwei Tage später hat sie die Bezüge gewaschen. Mein Sessel steht vor einem Comeback. Ich habe mich noch gar nicht bei Frank für den kleinen Gefallen bedankt. Er hat das super gemacht.

Der Lang Lang der Automontage

Seit vorgestern bin ich offiziell alt. Da hat mich mein Sohn gefragt, ob er mein neues Auto haben könne, wenn ich tot sei. Er ist sieben Jahre alt, ich bin zweiundvierzig, und er fiebert meinem Ende entgegen. Ich hätte mir gewünscht, dass es noch eine Weile dauert, bis solche Themen an mich herangetragen werden, aber nun ist es eben so weit und ich muss damit leben, also habe ich geantwortet: «Der Wagen gehört dir, mein Sohn.»

Wir haben das Auto zusammen abgeholt, direkt in der Fabrik. Das hat ihm gefallen. Da gab es ein Restaurant, in dem er so viel Eis essen durfte, wie er wollte, und einen Fahrsimulator, auf dem ihm anschließend übel wurde. Wir nahmen dann an einer Werksbesichtigung teil und sahen uns das Museum an. Es wimmelte nur so von nervösen Vätern und deren Söhnen. Viele waren an diesem Tag Hunderte von Kilometern gereist, hatten Nummernschilder und Abholscheine dabei und hechelten der Überreichung ihres neuen Familienautos entgegen. Nicht wenige bauen übrigens anschließend zwischen der Fabrik und der nahen Autobahn den ersten Unfall, weil Vati sich nicht aufs Fahren konzentriert, sondern an irgendwelchen Knöpfchen herumfummelt. Nach dem Werksrundgang präsentierte ein aufgeregter junger Mann das neue Kfz, als handele es sich um die Bundeslade. Es ist albern und schlimm, aber ich fühlte mich dadurch zum ersten Mal im Leben, als besäße ich etwas. Und mein Sohn fühlte sich offenbar wie jemand, der das bald erben wird.

Bis dahin war das Kostbarste, was ich zu vererben gehabt hätte, meine Plattensammlung. Ich habe sie meiner Tochter angeboten, aber sie interessiert sich nicht dafür. Schallplatten sind für sie wie Zinnsoldaten oder Briefmarken. Musik gleicht in ihren Augen Leitungswasser und hat keinen materiellen Wert. Das sehen viele Menschen heutzutage so, und sie bezahlen deswegen nichts mehr für die Musik, die sie hören, es sei denn, sie besuchen ein Konzert.

Das haben Sara und ich neulich auch mal wieder gemacht. Wir sahen uns Lang Lang an. Das war wirklich erstaunlich. Er spielte wie ein tasmanischer Teufel, sah gar nicht auf die Tasten, schloss zwischendurch die Augen und tobte konzentriert, aber ekstatisch über den Flügel. Angeblich hat Lang Lang als Zweijähriger einmal im chinesischen Fernsehen eine Episode von «Tom und Jerry» gesehen, in welcher Kater Tom Klavier spielte, und dies hat in ihm den Wunsch geweckt, dieses Instrument zu erlernen. Das ist interessant. Wenn mein Sohn «Tom und Jerry» sieht, inspiriert es ihn allenfalls dazu, als Messerwerfer aufzutreten.

Als wir durch die Autofabrik geführt wurden, habe ich an Lang Lang denken müssen, denn ich habe dort den Lang Lang der Automontage gesehen. Es handelte sich dabei um einen jungen Mann, der eine virtuose Performance mit einem Akkuschrauber bot. Die Autos schwebten über die Montagestrecke, und der Bursche schwang sich in ein unfertiges, noch sitzloses Exemplar, um dann in Windeseile zahllose Schrauben in unzugänglichen Bereichen der Mittelkonsole unterzubringen. Er griff ohne hinzusehen die richtigen Schrauben und versenkte sie innerhalb von Zehntelsekunden. Sein Akkuschrauber wirkte wie eine Verlängerung seines Zeigefingers. Er hatte nur ungefähr eine Minute Zeit, um ins Auto zu gelangen, alle Schrauben einzudrehen und wieder auszusteigen, wenn er dem nachfolgenden Kollegen nicht in die Quere kommen wollte. Das ganze Montageband folgte einer fast magisch anmutenden Choreographie.

Ich bewunderte den Werkzeugartisten nicht weniger als den chinesischen Pianisten. Man muss wohl konstatieren, dass Musik als käufliches Gut heute weniger wert ist als ein Auto, aber der Pianist wird dennoch weitaus höher geschätzt als jemand, der im Auto die Schrauben eindreht. Komische Welt.

Der Wert von Nicks zukünftigem Erbe wurde noch am selben Abend gemindert. Nach genau einhundertneunundzwanzig absolvierten Kilometern fuhr ich in die Garage und kratzte mit dem rechten Radkasten am Garagentor vorbei. Tut mir leid, Sohn.

Der Untergang des Abendlandes oder wenigstens der Modelbranche

Schwere Irritation bei unserer Tochter. «Ich wünsche mir ein Einzelkind», hat sie mich vorhin zu meiner Frau sagen hören – und war verstimmt. Die Elfjährigen sind auch nicht mehr, was sie mal waren. Sofort beleidigt. Wahrscheinlich müssen wir zu einem Psychologen mit ihr, weil sie ein Trauma davongetragen hat und sich jetzt abgelehnt fühlt. Es wird damit enden, dass sie mir aus Rache kein Spritzgebäck mitbringt, wenn sie mich später mal im Altenstift besucht.

Dabei war die ganze Sache ein Missverständnis. Sie hat sich verhört, ich wünsche mir nämlich keineswegs ein Einzelkind, sondern ein Einzelkinn. Und zwar weil ich in der letzten Zeit ein Doppelkinn hatte. Nicht immer, aber beim Nach-unten-Gucken. Bin auch nur ein Mensch. Jedenfalls reagierte Carla zunächst verstört.

Genau wie ich, als ich vor vielen Jahren einmal zur Beute meines schwachen Hörsinns wurde. Ich hatte eine Frau angesprochen, weil sie mir gefiel. Sie saß in einem Café und las ein Buch. Ich fragte sie: «Was lesen Sie denn da?», und sie antwortete: «Houellebecq», was ich natürlich sofort extrem aufregend fand wegen der Erotik und so. Also lud ich sie zu einem Kaffee ein. Während wir diesen einnahmen, erzählte sie mir von der Lektüre des Buches und den daraus resultierenden theoretischen, empirischen und methodologischen Fragen des Grundlagenwandels moderner Gesellschaften. Ich fragte mich, in welchem von Houllebecqs Romanen noch einmal davon die Rede war. Ich fand die Frau schließlich doch nicht mehr so aufregend, als sich herausstellte, dass ich mich verhört hatte und sie keineswegs Houellebecq las, sondern Ulrich Beck. Soziologie, achtes Semester. Ich nahm mir vor, gelegentlich einen Hörtest zu absolvieren. Das soll man in regelmäßigen Abständen machen. Das gilt nicht unbedingt für elf Jahre alte Mädchen; bei Ihnen reicht es, wenn sie sich von Zeit zu Zeit die Ohren waschen und aufmerksam zuhören, wenn der Vater spricht.

Nachdem sich die Aufregung gelegt hatte, wunderte sich Carla darüber, dass ich mir Sorgen um mein Doppelkinn machte. Ich sei doch ein steinalter Mann, und derartige Kümmernisse stünden nur jungen Menschen zu. In Carlas Vorstellung machen sich Zwanzigjährige um nichts anderes Sorgen als um ihre Figur, denn die meisten Zwanzigjährigen, die unsere Tochter zur Kenntnis nimmt, machen bei «Germany's Next Topmodel» mit.

Wir wollen nicht, dass sie diesen Mist ansieht. Wir haben es sogar verboten, denn die Werte, die dort vermittelt werden, finden wir falsch, die dort propagierte Elitenbildung schändlich und die Machart der Sendung: beschissen. Das ist, wenn es überhaupt was ist, gar nichts für Kinder. Die werden davon bloß versaut. Trotzdem lieben schon kleine Mädchen die gouvernantenhafte Heidi Klum und hängen an ihren Lippen, was ich tragisch finde, weil das mit diesen Lippen verbundene Gehirn bedauerlicherweise das einzige Körperteil der Moderatorin ist, welches von der Natur nicht im Übermaß gesegnet wurde. Außerdem muss ihr mal jemand sagen, dass der Komparativ immer noch mit «als» gebildet wird und nicht mit «wie». Egal. Jedenfalls soll Carla das nicht gucken. Schließlich durfte ich in ihrem Alter auch nicht «Ein Zombie hing am Glockenseil» ansehen, und das ist ungefähr dasselbe wie «Germany's Next Topmodel».

Nach der heutigen Zeitungslektüre keimt in dieser Sache Hoffnung, denn es könnte sein, dass die ganze Modelbranche dem Untergang durch Fortschritt geweiht ist: Soeben wurde in Japan ein humanoid aussehender Roboter mit Namen HRP-4C vorgestellt. Das dreiundvierzig Kilogramm schwere Gerät besitzt eine weibliche Topfigur, ein sehr zartes Gesicht mit porentief reiner Haut aus Silikon sowie schwarzes Haar. Es kann gehen wie ein Fotomodell und ist in der Lage, Kleidung vorzuführen, ohne sich anschließend zu übergeben. Es fehlt dieser Menschmaschine eigentlich nur ein Sprachmodul, mit dem sie den Unsinn verzapfen kann, den Frau Klums Kandidatinnen in demütiger Schlichtheit von sich geben. Es ist aber sicher technisch möglich, so etwas einzubauen. Man drückt drauf, und das Ding sagt reflexhaft: «Schlebe meinen Traum.» Auch wieder eine grauenhafte Vorstellung, da ich annehmen muss, dass Carla dann unbedingt so sein will wie HRP-4C.

Methusalem kocht sich ein Ei

Gestern ist mir ein Ei explodiert, heute krümelt mein Mixer. Zwar besteht zwischen diesen Ereignissen kein direkter Zusammenhang, aber beide gaben mir schwer zu denken. Mit dem Ei verhielt es sich so, dass ich es kochte und vergaß. Ich habe die schrullig anmutende Angewohnheit, mir jeden Morgen ein Hühnerei zu kochen, um es mit einer auf Toast zerdrückten halben Avocado zu verputzen. Alle finden das eklig. Außer mir. Und gestern habe ich das Ei vergessen. Zum ersten Mal in meinem Leben. Das Wasser verdunstete, und als ich den glühenden Topf vom Herd nahm und den Deckel entfernte, hüpfte das Ei heraus und zerplatzte laut knallend. Wenn ich seine Telefonnummer hätte, würde ich Ranga Yogeshwar anrufen und ihn fragen, warum. Sicher wird er unentwegt von Bekannten angerufen und muss erklären, warum Eier platzen. Oder woraus eine Fliege besteht. Dies fragte mich mein Sohn neulich: «Papa, aus was ist eine Fliege?»

«Aus Fliegenmaterial», sagte ich und fühlte mich dumm. Ranga Yogeshwar hätte sicher eine entschieden plausiblere Antwort parat gehabt.

Jedenfalls habe ich das Ei vergessen, und dafür kann es nur eine Erklärung geben: Ich werde alt. Genau wie mein Mixer. Ich habe ihn von meiner Mutter geschenkt bekommen, als ich 1990 auszog. Nun ist er knapp zwanzig Jahre alt und krümelt, wie meine empörte Gattin mit-

teilte. Sie habe den Mixer zur Herstellung einer Mousse
au Chocolat verwendet, und dabei seien mikroskopisch
kleine weiße Plastikkrümelchen aus den Stecklöchern
für die Rührbesen in die Schokoladenpampe gefallen.
Der Mixer habe auch stark vibriert. Die Krümel habe
ich nicht rausgeschmeckt, genau wie unsere Gäste, denen wir sicherheitshalber nichts davon gesagt haben.
Der Mixer befindet sich in einer Art gereontologisch-
anarchistischen Selbstauflösung. Wahrscheinlich wird
er eines Tages bloß noch aus einem Stromkabel und einem zitternden roten Schalter bestehen. Der Rest wird
in den Pfannekuchenteig plumpsen und verschwinden.

Man spürt das Alter kommen, wenn man rein rech-
nerisch nicht mehr für eine Karriere als Leistungssport-
ler in Frage kommt oder bekannte Sportler selber eine
gewisse Altersgrenze erreicht haben. Neulich behauptete ein Radioreporter, Jens Lehmann sei ein «Torwart-
Methusalem». Dies ist frech, denn Lehmann ist zwei
Jahre und zwei Wochen jünger als ich. Außerdem wurde
Methusalem neunhundertneunundsechzig Jahre alt,
was man Jens Lehmann gönnen, aber nicht wünschen
sollte, zumal Methusalem noch bis ins hohe Alter se-
xuell aktiv war. Dies setzt eine gewisse körperliche Kon-
dition voraus, die Jens Lehmann bereits manchmal ab-
gesprochen wird.

Wer morgens ein Ei platzen lässt, muss Hirntraining
machen. Sara kaufte mir dafür ein Buch.

Darin steht, man könne sich die Geheimzahl seiner
EC-Karte ganz einfach merken, indem man jede einzel-
ne Ziffer mit einem Gegenstand verbände. Die Vier steht

demnach für «Auto», weil dies vier Räder habe. Die Acht steht für «Achterbahn», die Sieben für die sieben Zwerge und die Fünf für die fünf Finger der Hand. Muss man sich eine vierstellige Zahl merken, soll man die Begriffe miteinander zu einem Satz verbinden. Aus 4875 wird so: «Das Auto fährt über die Achterbahn mit den sieben Zwergen, und jeder von ihnen hat Zuckerwatte in der Hand.» Kann ich mir unmöglich merken. Wie war das? Die sieben Zwerge essen Zuckerwatte in der Achterbahn und klauen ein Auto? 784? Da fehlt doch eine Zahl. Und wofür steht noch mal die Zuckerwatte? Da merke ich mir doch lieber 4875.

Es ist hoffnungslos. Woran mag das liegen?

Vielleicht hat mal jemand die Nummer von Ranga Yogeshwar für mich. Ich merke sie mir dann ganz einfach, nämlich indem ich sie auf einen Zettel notiere. Leider vergesse ich, einen Namen dazuzuschreiben. Eine Woche später schmeiße ich den unbenutzten Zettel weg, weil ich nicht weiß, zu wem die Nummer gehört. Geheimnisse sind generell ausgezeichnet bei mir aufgehoben.

Mein schönstes Ferienerlebnis

Sind mal wieder in Italien gewesen, mitten in der Familie meiner Frau Sara – und mitten im sommerlichen Lottofieber, das dieses Land fest im Griff hatte. Mein Schwiegervater, Antonio Marcipane, füllte ungezählte Lottoscheine aus und referierte dabei über seine geplanten Investitionen, welche unter anderem einen Springbrunnen für den Garten seines Reihenhauses und neue Schuhe für die ganze Familie umfassten. Ich sollte ebenfalls nicht leer ausgehen, er stellte mir eine Trockenhaube in Aussicht, weil einen so etwas unabhängig mache. Zwar fühle ich mich ohne Trockenhaube nicht abhängiger als mit Trockenhaube, aber man soll nicht undankbar sein. Am Ende ist ihm das Kunststück gelungen, trotz eines erheblichen finanziellen Einsatzes überhaupt gar nichts zu gewinnen, was ihn aber nicht juckte, weil er das Geld von seinem Bruder geliehen habe, es also nicht seins gewesen sei – und da hätte sein Bruder eben Pech im Lotto gehabt.

Dieser Bruder, Onkel Rafaele, hat eine Tochter, die Pamela heißt und mit Paolo verheiratet ist. Ich glaube, ich habe schon mal davon erzählt. Egal. Die beiden haben sich jedenfalls kürzlich eine Spülmaschine angeschafft, was ihren Alltag aber nicht sonderlich veränderte. Wie die meisten Italiener pflegen sie nämlich die bizarre Angewohnheit, das ganze Geschirr zunächst von Hand zu spülen, um es anschließend blitzsauber in die Spülmaschine zu stellen. Auf meine Frage nach dem Sinn dieses Verfahrens antwortete Pamela lapidar, dass die Spülmaschine auf diese Weise länger hielte.

Und dann war da noch der Skorpion. Am drittletzten Tag entdeckten wir ihn auf dem Grund des Swimmingpools und kescherten ihn heraus. Er war fast so groß wie mein Daumen und glänzte schwarz und leblos in der Sonne. Die Kinder waren elektrisiert. Sara erklärte ihnen, dass man so einen Skorpion in Harz gießen, dass man ihn dann immer ansehen und Briefe damit beschweren könne, was Nick als Verwendungszweck sterbenslangweilig fand. Er schlug vor, ihn erst mit Weltraumstrahlen zu beschießen und damit tausendfach zu vergrößern, ihn zum Leben zu erwecken und als Superwaffe gegen Soldaten einzusetzen.

«Gegen welche Soldaten denn?», fragte ich ihn.

«Gegen die bösen natürlich», antwortete Nick, dem man auf keinen Fall die Erhaltung des Weltfriedens anvertrauen sollte. Finde ich. Wir beschlossen, den Skorpion erst einmal zu trocknen, und stülpten ein Wasserglas über ihn, damit ihn keine Wespen oder Vögel klauen konnten. Dann aßen wir Eis, spielten Karten, lasen, kochten zu Abend und vergaßen den Skorpion. Am nächsten Morgen fiel er Nick wieder ein. Er raste nach dem Frühstück zum Pool, um nachzusehen, ob der Gliederfüßer bereits ausgetrocknet sei. War er aber nicht. Er war: weg.

«Wie, weg?», fragte ich meinen atemlosen Sohn.

«Einfach abgehauen, das Glas steht genauso da wie

gestern, aber der Skorpion ist verschwunden. Der hat sich nur tot gestellt.»

Wir gingen nachschauen, und es stimmte. Das Glas stand umgestülpt auf dem Beckenrand, darunter war nichts. Seitdem mache ich mir Sorgen, denn ich bin ein bisschen arachnophob, auch wenn mir klar ist, dass hiesige Spinnen mich nicht töten können. Ich will einfach keinen Streit mit ihnen, ganz egal, wie groß oder behaart sie sind. Nie käme ich zum Beispiel auf die Idee, eine große Spinne mit dem Staubsauger zu fangen, weil ich mir immer vorstelle, wie das stinksaure Tier nachts aus dem Gerät krabbelt und Rache an mir nimmt. Wie ungleich größer mag die Wut eines umbrischen Skorpions sein, der schlechtgelaunt einem umgedrehten Wasserglas entkommt? Was ist, wenn er nun auf eine passende Gelegenheit wartet, es mir heimzuzahlen, wenn er zwischen Socken, in Hemdtaschen, in meinem Brillenetui darauf brütet, seinen Stachel in meine Hand oder in meinen Po zu bohren?

Die restlichen zwei Tage bewegte ich mich mit größter Vorsicht, schüttelte meine Schuhe aus und fasste nichts an, dessen Berührung ich hätte bereuen können. Meinen Kindern gegenüber erwähnte ich diese Furcht natürlich nicht. Ich wollte ihnen den Urlaub nicht verderben. Manchmal muss man als Vater Stärke vorspielen, die man gar nicht besitzt.

Hervorragender Stil

Tagsüber bin ich alleine. Dann gehe ich manchmal im Haus herum. Nicht dass ich meinen Kindern hinterherschnüffele, ich finde auch so allerhand und muss gar nicht erst unter Betten nachsehen. Das mache ich frühestens in fünf Jahren, wenn es richtig interessant wird. Heute entdeckt: einen Radiergummi neben dem Klo. Eine Socke im Keller beim Gefrierschrank. Schokolade aus dem Paläozoikum, ein Fund, der besonders überrascht, wenn man weiß, dass unser Sohn Nick ein geradezu seismisches Auffindungstalent für Süßwaren aller Art besitzt.

Den meisten Gegenständen, die ich finde, haftet aber nichts Mystisches an, sie sind einfach nur nicht richtig aufgeräumt worden. Jedes Familienmitglied hat die Neigung, ganz bestimmte Dinge an ganz bestimmten Orten nicht aufzuräumen. Meine Gattin zum Beispiel lässt ihre Schuhe im Wohnzimmer liegen. Unsere Tochter Carla verteilt Hausaufgaben gleichmäßig im ganzen Haus, um sie mühsam morgens wieder einzusammeln, was nicht immer gelingt. Ich lasse meine Espressotassen stehen. Sara hat sich darüber beklagt, was ich kleinmütig finde, denn es ist ja so: Eingetrocknete Espressotassen vermitteln ein romantisches Savoir-vivre, einen geradezu hervorragenden Stil. Oder etwa nicht?

Apropos hervorragender Stil: Was machen eigentlich Hollywoodstars in ihrer Freizeit? Na was wohl: Werbung machen die. Harrison Ford warb einmal für italienische Autos, George Clooney wirbt für Kaffeedöschen und Kevin Costner für eine Fluggesellschaft. In deren Anzeigen ist der feine Herr Costner zu sehen, und neben seinem Kopf steht handschriftlich sowie in mangelhafter Interpunktion: «Hervorragendes Essen. Hervorragender Stil und was für ein Flugpersonal Sie müssen kein Star sein, um sich wie ein Star zu fühlen. Vielen Dank Turkish Airlines. Kevin Costner.» Soso, das hat der elegante Herr Costner also höchstpersönlich mit einem dicken Füller da hingeschrieben. Und zwar auf Deutsch und in Frauenschrift. Glaube ich: nicht. Wahrscheinlich ist er noch nie mit Turkish Airlines geflogen, weil er bestimmt ein eigenes Flugzeug hat mit hervorragendem Stil.

Überhaupt sind mir Prominente in der Werbung suspekt. Trinkt Michael Schumacher wirklich Mineralwasser aus Bad Vilbel? Isst Alfons Schuhbeck den mit Rindfleischextrakt vermengten Fischfond, für den er warb? Trägt Oliver Geißen Schuhe von Deichmann? Nur Mike Krüger nimmt man seine Betätigung als Heimwerker für einen Baumarkt mühelos ab, zumal er Betonbauer gelernt hat und auch so aussieht. Ansonsten sind Vorsicht und Misstrauen angebracht.

Mit dieser Maßgabe habe ich soeben die Post durchgesehen, und dabei fiel ein Schreiben besonders auf, denn darauf stand: «Wichtige Mitteilung von Ulrich Wickert.» Da fühlt man sich natürlich auf Anhieb geehrt. Mönsch! Post vom Wickert! Beim zweiten Blick kommt man aber schnell darauf, dass es sich um Werbung handeln muss. Wahrscheinlich Jacques' Weindepot. Oder ein Käseversandhaus. «Kaufen Sie jetzt fünfzig Kilo Reblochon De Savoie für nur 1600 Euro und gewinnen Sie ein Glas von dem hervorragenden Fischfond, den ich mit Alfons Schuhbeck selber eingekocht habe. Ihr Ulrich Wickert.» Tatsächlich handelte es sich aber um Werbung für die Übernahme von Patenschaften in der Dritten Welt. Muss man vielleicht doch genauer durchlesen. Und dabei eine kleine Tasse Espresso trinken. Schlürf, schlürf. Hervorragender Stil. Vielen Dank. Ihr Kevin Costner.

In der Twilight-Zone

Wir haben als Eltern nicht immer versagt. Einige der schlimmsten Bedrohungen, die man meistern muss, haben wir entschlossen – mit einigem Mut zur Konfrontation – und letztlich erfolgreich abgewehrt. Die Diddl-Maus zum Beispiel. Es gab eine Zeit, in der meine Tochter sich vor unseren Augen entleibt oder sogar ihre Haare gewaschen hätte, um Briefpapier, Kopfkissen oder wenigstens einen Radiergummi mit der Abbildung dieses durch radioaktive Bestrahlung auf das schlimmste mutierten Nagers zu bekommen. Aber wir blieben hart. Und wir kauften auch kaum Wilde-Kerle-Scheiß und erfreulich wenig Prinzessin-Lilifee-Kram. Irgendwann hatten sich diese Themen, dürre Schwefelfähnchen zurücklassend, verzogen und wurden altersgemäß aktualisiert. Nun zieht gerade ein Vampirsturm auf. Unser elfjähriges Pubertier Carla hat sämtliche «Biss»-Bücher gelesen und lechzt nun nach dem neuen Film wie deren Hauptfiguren nach frischem Blut. Carlas Bildschirmschoner sieht aus wie ein Grabstein mit dem Konterfei des leidenschaftlichen Untoten Edward Cullen, der sich zur Freude aller Mädchen lediglich von Tierblut ernährt und von dem daher keinerlei Gefahr ausgeht, es sei denn, man ist das Meerschweinchen eines in ihn verliebten Mädchens.

Unser Einfluss schwindet jedenfalls zusehends, zumal das Kind, das noch vor wenigen Jahren auf meinem

Bauch saß, um mir alles über ihre Polly-Pocket-Welt zu erzählen, inzwischen tendenziell maulfaul und übelnehmerisch auftritt. Das macht mich zunehmend nervös.

Unser Sohn Nick ist von diesem Stadium noch weit entfernt. Er lebt für die zahlreichen Comics, die mit sinnlosem Spielzeug aufgepimpt im Supermarkt liegen, um von ihm erjammert zu werden. Letzte Woche ergatterte er ein Heft mit beigeklebtem «Spion-Set», und ich entdeckte es tags darauf komischerweise in unserem Kleiderschrank.

Zur Agentenausrüstung gehörte auch eine Art Hörrohr, mit dem man angeblich durch Wände und Türen lauschen kann. Es funktioniert! Ich probierte es aus und hielt es an die Zimmertür unseres weiblichen Vampirs in Ausbildung. Sie telefonierte mit einer Freundin. Hochinteressant. Es ging in etwa um Folgendes: Moritz hat also in der Pause mit seinem Fingerboard vor ihr rumgefuchtelt, aber sie hat ihm gesagt, dass man Mädchen nicht durch Fliptricks auf so einem winzigen Skateboard beeindrucken könne und dass das auch wieder so typischer Jungsquatsch sei, und da ist Moritz abgezogen, und dabei findet sie ihn in Wahrheit endsüß. Und eigentlich hat er ihr leidgetan, aber so sind nun einmal die Regeln, kann sie auch nicht ändern. Hallooo? Und neulich hat die doofe Ricarda versucht, ihn anzumachen, das war auf dem Ausflug, wo er nichts zu trinken dabeihatte und Ricarda hat ihm was angeboten. Er hat das alles ausgetrunken und dann noch die Frechheit gehabt, Carla damit zuzuprosten, voll albern, aber sie hat sich ziemlich geärgert. Sie hat auch Gefühle! Jedenfalls hat Moritz heute total süß gefragt, ob sie zusammen in den dritten Teil von «Twilight» gehen wollen, und Carla (die dumme Nuss) hat geantwortet, dass sie es noch nicht so genau weiß, weil Marc auch gefragt hat, obwohl das gar nicht stimmt, und jetzt macht sie sich Sorgen, dass die beiden Jungs sich darüber unterhalten und dann rauskommt, dass Marc gar nicht gefragt hat, und das wäre so krass peinlich, dass sie sofort sterben würde. Deswegen sage sie Moritz morgen, dass sie gerne mit ihm gehen will, und hoffentlich hat er es sich nicht anders überlegt, oder sie schreibt ihm eine Mail. Vielleicht besser. Mal sehen.

Gut. Das sind jetzt natürlich alles Dinge, die ich ohne Micky-Maus-High-Tech-Spion-Equipment niemals wüsste. Ich musste also diplomatisch mit diesen Infos umgehen.

Andererseits platzte ich vor Neugier. Beim Abendessen schnitt ich das Thema so vorsichtig an wie Barack Obama die Menschenrechtsverletzungen in China, indem ich fragte: «Du, Carla, der Moritz und du, wird das was Festes?» Sie nahm einen Schluck Apfelschorle, legte den Kopf schief und sagte: «Privatsache.» Ich ließ eine Minute verstreichen. «Sag mal, wird da auch schon geküsst?» Sie reagierte empört: «Papa!» Das ist natürlich eine kluge Antwort, denn sie kann bedeuten: «Natürlich, du Depp!» Sie kann aber genauso gut bedeuten: «Natürlich nicht, du Depp.» Also fragte ich weiter: «Mit Zunge?» Und darauf sie: «Papa, Mensch. Wir sind doch keine Perverslinge!» Und ich dachte: Alles gut, kein Grund zur Panik. Viel Spaß im Kino.

Mein erster Trip zur Sonne

Zu den zahlreichen Verrichtungen, die in meiner Biographie noch fehlten, gehörte der Besuch einer Sonnenbank. Ich habe mich noch nie in so eine Bratröhre gelegt. Zum einen misstraute ich der Technik. Ich fand sie immer ähnlich zweifelhaft wie Mikrowellen oder Handystrahlen. Und ich empfand einen Dünkel gegenüber Menschen, die ihre Freizeit auf dem sogenannten Münzen-Mallorca verbringen. Wahrscheinlich telefonieren sie ununterbrochen und fertigen ihre Mahlzeiten in der Mikrowelle an, dachte ich.

Dann sah ich diesen doofen Avatar-Film, in dem jemand in ein Solarium steigt und knallblau mit riesigem Schwanz wieder rauskommt, oder so ähnlich, und da war mein Interesse doch geweckt. Also bin ich heute Mittag zum nächsten Sonnenstudio gefahren, bereit, für Sie und mich in die Niederungen der Bräunungsszene hinabzusteigen.

Ich rechnete damit, dass ich dort von einer Kabinenhelferin mit bratenspießartigen Fingernägeln empfangen würde. Kabinenhelfer wurde in den achtziger Jahren zum Ausbildungsberuf. Damals kamen die Sonnenstudios auf, und sie benötigten viel Personal, und so entstand diese rechtlich geschützte und mit IHK-Prüfungen abgesicherte Berufsbezeichnung. Tatsächlich ist der Beruf des Kabinenhelfers damit seriöser als der des Journalisten. So darf sich nämlich jeder nennen, der will.

Wie dem auch sei, ich spekulierte falsch: Das Sonnenstudio war menschenleer, keine Kabinenhelferin nirgends, die Branche hat sich dahingehend verkleinert, dass es offenbar nur noch Chefs gibt. Das ist übrigens im Journalismus bei einigen Verlagen auch in der Planung, insofern haben Kabinenhelfer und Journalisten doch einiges gemeinsam. Egal.

Ich betrat die Kabine Nummer 7, in welcher es aussah wie in einer Aussegnungshalle für ganz arme Leute. Der Sarkophag stand geöffnet und geheimnisvoll leuchtend vor mir, in seinem Deckel blinkten allerhand Anzeigen. Ich warf außerhalb der Kabine Geld ein und zog mich aus, wofür ich neunzig Sekunden Zeit hatte, bevor der Leuchtsarg sein bräunendes Werk verrichten würde, egal, ob jemand in ihm lag oder nicht. Am Fußende befand sich eine mannbreite Rolle, mit Frischhaltefolie, die ich aus Hygienegründen über die Liegefläche ziehen sollte, wie mich eine an die Wand getackerte Bedienungsanleitung belehrte. Ich zog knapp zwei Meter von der Rolle, und nachdem ich gezogen hatte, wurde mir klar, dass ich die Folie unter der Schneidekante und nicht über der Schneidekante hätte entlangziehen müssen. So ließ sie sich jedenfalls nicht abschneiden. Ich überlegte, ob ich die ganze Folie wieder zurückstopfen oder liegen lassen und abhauen sollte, entschied mich aber dann dafür, die Folie unterhalb des Fußendes abzurupfen, was sich als ziemlich zähes Geschäft erwies. Gerade als der Bräunungstrumm zu piepen begann wie eine Zeitbombe, schwang ich mich auf die folierte Liege und klappte den Deckel zu. Und dann geschah etwas

Transzendentales: Ein unfassbares Licht leuchtete, und dazu begann ein sagenhafter Wind! Es war wie in der TV-Serie «Lost», wenn die Zeitverschiebung einsetzt: Ein Orkan aus Luft und Sonne, ein großes SCHSCHSCH und ein helles BLINK, das durch meine geschlossenen Augen einen sagenhaften Trip auf meine Netzhaut malte. Die Folie flatterte wie ein Segel unter voller Fahrt.

Ich hatte zehn Minuten davon bestellt, aber die Sekunden nicht mitgezählt. Waren bereits vier vergangen oder sogar acht oder erst zwei? Ich wagte nicht, die Augen zu öffnen. Nach einer gefühlten Stunde wurde es dunkel, nur der Wind blies noch weiter, um irgendwann zu ersterben. Ich klappte den Deckel hoch, öffnete die Augen und schälte mir die klebrige Folie vom Rücken. Dann säuberte ich die Liegefläche, zog mich an und verließ das Sonnenstudio.

Mein Gesicht kribbelte. Auch sonst war nichts beim Alten. Keine Autos, die Post und der Optiker waren weg. Ich fuhr über menschenleere Straßen nach Hause, wo ich im Garten einen Mann traf. Er fiel mir um den Hals und rief: «Vater! Ich dachte, du wärst tot.»

«Ich war nur im Sonnenstudio. Warum bist du so erwachsen?»

«Vielleicht, weil du sechzehn Jahre weg warst.»

Nick erzählte mir ein wenig von sich und der Welt im Jahr 2027. Es gibt dort kein Benzin mehr und auch keine Computer. Diese befinden sich ab dem dritten Lebensjahr in den Köpfen der Menschen, und man schickt Mails, indem man an den Empfänger denkt. Das Ganze nennt sich *iBrain*, und es ersetzt auch das Fernsehen

und das Kino und sämtliche Büroarbeitsplätze. Ich fragte nach Sara und Carla, und Nick erklärte mir, die seien
in die Stadt gegangen, um sich dort größere Ohren machen zu lassen, was gerade sehr in Mode sei.

Ich wäre gerne geblieben, um zu sehen, wie sich Frau
und Tochter entwickelt hatten, aber die Furcht und die
Aufregung ließen mich flüchten. Ich stürzte zum Auto,
raste zurück zum Sonnenstudio, stellte das Gerät abermals auf zehn Minuten ein, warf Geld in den Automaten
und schwang mich in voller Bekleidung auf die Liege.
Es blitzte und tobte und der Wind rüttelte an mir wie
wahnsinnig.

Ich habe es geschafft und bin wieder da. Wenn Sie
diese Zeilen lesen, befinde ich mich allerdings abermals
auf dem Weg zum Sonnenstudio. Mal sehen, was passiert, wenn ich das Ding auf zwanzig Minuten einstelle.

Fragen über Fragen

Neulich platzte ich in eine weibliche Diskussionsrunde, die an unserem Esstisch Platz genommen hatte, um bei Weißwein und Käse zu erörtern, wie es kommt, dass Männer jenseits der vierzig keine Haare mehr an den Waden haben. Das trifft zwar auf mich nicht zu, aber die Frage ist hochinteressant, das muss ich zugeben. Es ist ja ganz einfach, den Zugewinn von Haaren zu erklären: Sie wachsen. Aber warum wachsen sie irgendwann nicht mehr, besonders an den Waden? Die Damen entwickelten zunächst folgende krude Theorie: Die Strümpfe seien schuld. Wer mehrere Jahre hindurch täglich die Unterschenkel in Kniestrümpfe zwänge, müsse sich nicht wundern, wenn die eingeklemmten Haare irgendwann beleidigt das Wachstum verweigerten. Stattdessen suchten sich die Haare eben andere Ausgänge und wüchsen aus Nasen und Ohren und Rücken.

Eine zweite Theorie besagte, dass die Haare von den Männern heimlich entfernt würden. Man träfe sich in Wahrheit überhaupt nicht zum Fußballgucken, zum Kartenspielen oder in der Kneipe, sondern konspirativ beim Brazilian Waxing der Wadengegend. Das sei den Männern peinlich und daher kein Thema. Ein dritter Lösungsansatz wurde von den übrigens leicht angeschickerten Frauen nicht weiter verfolgt. Demnach sei der Verlust der Wadenbehaarung auf einen gewissen Energieverlust von alternden Männern zurückzuführen. Die

Natur habe beschlossen, dass es sich an dieser Stelle nicht mehr lohne, Haare in Szene zu setzen, da dadurch weder Weibchen angelockt noch Mammuts erlegt würden. Der Rücken habe hingegen eine gewisse atavistische Bedeutung für das männliche Selbstbewusstsein, und darum wüchsen dort zum wohligen Grusel junger Frauen Haare.

Auf jeden Fall ist damit die Frage beantwortet, worüber sich Frauen eigentlich so unterhalten, wenn sie unter sich sind. Nicht über den Klimawandel, nicht über Klientelpolitik und nicht über Steuergerechtigkeit, sondern über Wadenhaare. Andere relevante Fragen des Alltags werden hingegen wohl in diesem Leben nicht mehr beantwortet werden: Was macht man mit einer Kaki? Warum riecht es im Autoinneren nach Scheibenwischwasser, wenn ich am Autoäußeren die Scheibe reinige? Wofür genau ist noch mal die FDP in der Regierung? Ist das mit dem FC Bayern wirklich so einfach? Wo kommt das eklige Wasser im Frischkäse her? Wonach schmeckt Red Bull?

Immerhin kann eine andere Frage an dieser Stelle doch noch beantwortet werden und dem Leseerlebnis dieses Textes ein wenig Puderzucker aufs Krönchen streuen. Ich habe doch vor einigen Seiten in diesem Buch meinen Sohn Nick mit der Bitte zitiert, ihm zu erklären, woraus Fliegen bestehen. Konnte ich damals nicht erläutern und stellte mir vor, dass Ranga Yogeshwar dies ganz sicher wüsste. Und das stimmt. Ich freue mich sehr, dass er sich die Zeit genommen hat, Nick und allen anderen Kindern hier schnell mal zu erklären, was es mit der Fliege auf sich hat. Die Antwort ist allerdings nicht besonders spannend, denn eine Fliege besteht vor allem aus Proteinen. Viel eindrucksvoller ist, was mir Ranga Yogeshwar zu dem Thema noch schrieb: «Eine einfache Stubenfliege ist eine einzige Provokation des technikbegeisterten Menschen. Beginnend mit der extrem feinen Struktur des Chitins, über die Magie der schmeckenden Füße, der Rolle rückwärts beim Landen auf der Stubendecke bis hin zum sagenhaft schnellen ‹Denken›, welches als erwiesen gilt: Mit einer Hochgeschwindigkeitskamera filmten Wissenschaftler, was die Fliege macht, wenn sich eine Fliegenklatsche nähert. Statt im Reflex blind wegzufliegen, analysiert sie, woher die Gefahr kommt. Erst nach dieser Planung dreht sie sich und platziert ihre Beine in eine optimale Startposition. Dann fliegt sie los, indem sie sich leicht abdrückt. Diese Fluchtprozedur läuft innerhalb einer Zehntelsekunde ab und ist eben kein Reflex, sondern eine geplante Aktion.»

Eine geplante Aktion ist das. Soso. Daran sollte ich mir hin und wieder ein Beispiel nehmen.

Mein leeres Eimerchen

Nicks Einschulung warf schon Monate zuvor ihre Schatten voraus. Es handelt sich dabei immerhin um einen Tag von zentraler Bedeutung im Leben eines Menschen, um dessen erste Begegnung mit der Leistungsgesellschaft. Und die soll ja möglichst einprägsam sein, damit man sich für immer daran erinnert, wie das ganze Elend begonnen hat. Bereits im Mai bestellte Sara eine phänomenale Schultüte, die genauso groß war wie unser Sohn. Er kannte diesen Brauch aus Erzählungen älterer Nachbarskinder und seiner Schwester und freute sich auf die Süßigkeiten. Im Grunde genommen freute er sich nur darauf, auf nichts sonst.

Wir kauften Hefte, Lineal, Stifte, Tornister, Turnbeutel, Mäppchen. Nick spielte damit in seinem Zimmer Schule, was im Wesentlichen darauf hinauslief, dass er sich selbst anschrie und Buchstaben malte. Diese brachte er mir ins Büro und fragte: «Was habe ich da geschrieben?»

«Lass mal sehen. Da steht: MKTVIC.»

«Und was bedeutet das?»

«Ich fürchte, das bedeutet nichts.»

Das stimmte ihn sehr sorgenvoll, obwohl ich ihm (besseren Wissens) versprach, dass bald schon, in der Schule nämlich, alles einen Sinn bekäme.

Als der große Tag gekommen war, spazierten wir mit ihm zur Grundschule. Nick trug seine Schultüte und hieb sie zur Begrüßung seinem Freund Bruno auf den Kopf, der dasselbe bei ihm tat, sodass beide Tüten bereits vor ihrer Entsiegelung den Dienst quittierten. In der Turnhalle gab es dann eine festliche Ansprache des Direktors, welcher die Erstklässler mit den Worten begrüßte: «Die Kleinen auf den Boden, die anderen dahinter auf die Bänke und die Eltern an die Wand.» Dann sang der Schulchor, und Ulrich Dattelmann, der Vater von Nicks Klassenkameradin Chiara-Roxana, filmte alles gewissenhaft mit seiner Kamera. Zwischendurch herrschte er seine Frau und alle Umstehenden an, dass da gerade eine Aufnahme liefe und er hinterher unser ganzes Gerede auf dem Film hätte und nichts vom Schulchor hören könne und dass man bitte ein wenig Rücksicht nehmen solle. Ich habe den Film nicht gesehen, aber ich bin sicher, es ist die ganze Zeit nur Dattelmann darauf zu hören.

Anschließend erläuterte der Direktor ausführlich sein Schulkonzept; es war von Gemeinschaft die Rede und davon, dass man die junge Generation auf die Herausforderungen einer veränderten Gesellschaft vorbereiten müsse. Die Gesellschaft in meiner unmittelbaren Umgebung aß einen Popel und fragte ziemlich laut, wann wir wieder nach Hause gehen könnten, es sei nämlich sehr öde, und wenn das so bliebe, dann Prost Mahlzeit. Nachdem Dattelmann zum zweiten Mal das Band gewechselt hatte, wurden endlich die Klassen eingeteilt.

Ich betete inständig, dass Nick der richtigen Lehrerin zugewiesen würde. Es standen drei zur Auswahl, von denen zumindest eine sehr vielversprechend aussah. Das

Auge lernt schließlich mit. Nick und ich hatten Glück. Wir folgten der Dame in die Klasse, in der es genau so roch, wie es riechen muss.

Bruno und Nick setzten sich nebeneinander in die dritte Reihe und fingen sofort einen beherzten Schwertkampf mit ihren Linealen an. Dattelmann fragte, ab wann die Schule denn Englisch anböte und dass man ja ganz früh damit beginnen müsse, und Kinder seien im Prinzip leere Eimer, die man mühelos mit Wissen füllen könne und dass es von Anfang an um die Konkurrenzfähigkeit am Arbeitsmarkt einer veränderten, nämlich globalisierten Gesellschaft ginge und er die Schule letztlich als Dienstleister betrachte, um seine Tochter *fit for the job* zu machen.

Später ging ich mit meinem leeren Eimerchen an der Hand wieder nach Hause. Ich fragte es, wie ihm seine Einschulung gefallen habe. Nick biss in ein Kaubonbon und dachte nach. «Ganz gut, nur etwas langweilig. Ich glaube, morgen gehe ich nicht hin. Vielleicht nächste Woche wieder.» Mir fehlte die Kraft, ihm zu sagen, dass er nicht nur morgen, sondern auch übermorgen, genau genommen die nächsten zwölf Jahre hingehen würde. Danach wird er den Anforderungen einer sich veränderten Gesellschaft gewachsen sein. Wie er so ahnungslos neben mir her marschierte und einen Kieselstein kickte, wurde ich ganz traurig.

Wir haben gewählt

Wenige Tage vor dem Urnengang wusste ich immer noch nicht, wen ich wählen sollte. Ich befragte den Wahl-O-Mat im Internet, und dabei kam heraus, dass ich unbewusst offenbar eine Koalition aus der FDP und den LINKEN herbeisehne. Wählen kann ich aber beide nicht, denn wenn man die FDP wählt, stimmt man automatisch auch für die CDU und eben nicht für die LINKE. Und wenn man die LINKE wählt, stürzt man die SPD in einen Abgrund aus Scham und Verzweiflung. Also grübelte ich weiter und konsultierte schließlich meine Kinder.

Ich druckte Bilder der Spitzenkandidaten aus und legte sie auf den Esstisch, dazu auch ein Foto von Rolf Töpperwien, dem Horst Schlämmer des deutschen Sportjournalismus. Nur so zum Spaß. Dann fragte ich Carla und Nick, ob sie wüssten, wer da so vor ihnen lag. Carla erkannte zumindest Angela Merkel. «Das ist unsere Bundeskanzlerin», rief sie. Nick fügte hinzu, dass die Bundeskanzlerin aussähe wie ein Kinderpilz. Er meinte damit einen Wiesenchampignon. Dann fügte er hinzu, dass man doch überhaupt nicht mehr zu wählen bräuchte, wenn sie schon Kanzlerin sei. Ich erklärte ihm, dass man das alle paar Jahre wiederholen müsse und dass Angela Merkel aus dem Osten und in der CDU sei. «Was ist denn der Osten?», fragte Nick. Für einen Sechsjährigen ist das eine statthafte Frage. Carla übernahm die Antwort, indem sie altklug mitteilte, dass der Osten früher zu Russland gehört und dass es dort praktisch nix gegeben habe. Ich griff korrigierend ein, dass es dort sehr wohl etwas gegeben habe, und sie erwiderte: «Die im Osten hatten ja nicht mal 'ne Nordsee.»

«Aber eine Ostsee», sagte ich. Und dass die Partei der Bundeskanzlerin, die CDU, aus dem Westen sei, immerhin. Das verwirrte Nick, und er sah sich den Spitzenkandidaten der LINKEN an. Ich erklärte ihm, dass die LINKE zwar im Wesentlichen aus dem Osten sei, der Mann mit dem roten Kopf jedoch aus dem Westen. «Dann kann ja der Mann mit dem roten Kopf aus dem Westen für die CDU sein und die Frau aus dem Osten für die LINKE», schlug Carla vor.

Nick ging nun zum Kandidaten der CSU über. Der käme aus dem Süden, sagte ich. «Aus Italien?», fragte Nick. Er findet Italien cool und weiß, dass es im Süden liegt. «Nein, aus Traunstein», sagte ich, was Nicks Interesse an Peter Ramsauer schlagartig erlahmen ließ. Auch Frank-Walter Steinmeier fand keine Gnade. Abgesehen von seiner Superheldenfrisur war der SPD-Kandidat meinem Sohn zu alt, außerdem trägt er keine Laserwaffen. Immerhin: Renate Künast fand Carla ganz okay, weil sie sie an eine Vertreterin der Schulpflegschaft erinnerte, die ihr im vergangenen Jahr ein Stück Marmorkuchen geschenkt hat. Ich schob ihren Mitstreiter Jürgen Trittin nach vorne. «Er guckt wie die Lokomotive von Bob, dem Baumeister», entschied Nick, und Carla sagte, dass sie Jürgen Trittin unter gewissen Umständen wählen würde. «Unter welchen Umständen denn?»

«Wenn er mir zehn Euro gibt.»

«Der hier hat mehr Kohle, der gibt dir zwanzig», sagte ich und zeigte auf Guido Westerwelle.

«Echt? Dann wähle ich eben den.» Am Liberalen gefiel ihr außerdem, dass er aussähe wie der Frosch auf der Kellog's-Smacks-Schachtel. Was er denn so wolle? «Das weiß keiner so genau. Vor allen Dingen will er Außenminister werden», antwortete ich. Außenminister fand Nick einen astreinen Job, aber ich glaube, er verwechselte das mit Platzwart oder einem anderen Beruf, in dem man den ganzen Tag draußen ist und andere anschreit.

«Der hier sieht aus wie der kleine Maulwurf», rief Nick und zeigte auf Gregor Gysi. Ich finde, das stimmt. Ich erklärte ihm, dass Gysi genau wie Angela Merkel aus dem Osten stamme und jeden verklage, der ihm mit diesem alten Maulwurfthema käme. «Und wer ist das?» Carla tippte auf den Sportreporter Rolf Töpperwien. «Der ist vom ZDF, und er kennt alle guten Fußballspieler. Er ist eine lebende Legende», antwortete ich.

Die beiden entschieden sich letztlich für ihn, auch weil ich ihnen erzählte, dass dieser Töpperwien ein kaum zu bremsendes Feierbiest ist. Er hat inzwischen beim ZDF aufgehört und könnte jetzt in die Politik gehen. Die Stimmen meiner Kinder wären ihm sicher.

Der Erdzwerg

Oft sind es die kleinen Dinge, die unser Leben am meisten beeinträchtigen. Wie zum Beispiel jener winzige Himbeerkern, der mich gestern Abend in den Wahnsinn trieb. So klein wie ein Stecknadelkopf, aber für mich größer als die Klimakatastrophe. Jedenfalls gestern, als ich stundenlang mit der Zungenspitze zu ergründen versuchte, wo der Mistkerl feststeckte: oben rechts zwischen dem letzten und dem vorletzten Zahn oder weiter vorn?

Ebenfalls klein: Atome, die von bärtigen Schurken gespalten werden, um die Menschheit mit dem Ergebnis zu bedrohen, sowie die nervigen Krümelchen in unserer Spülmaschine. Überall an Tellern und Gläsern klebt diese Ameisenscheiße. Neulich besuchte uns deshalb ein gewisser Herr Brahms; er trug einen blauen Overall und ich zeigte ihm die Spülmaschine und sagte: «Sehen Sie? Überall dieses Zeug.» Er antwortete: «Nicht überall. An diesem Teller ist nichts zu sehen. Der ist tadellos sauber.» Um etwas Kluges zu sagen, tippte ich auf Lochfraß, aber er sah mich nur mitleidig an und schob das Krümelproblem auf uns, indem er behauptete, es handele sich um Dreck, der nicht mehr durchs verstopfte Sieb passte. Dann übergab er mir eine Honorarnote über zweiundsiebzig Euro. Kleine Krümel, große Wirkung. Dieses Prinzip ist unserem Sohn Nick nicht unbekannt: Während ich gestern schrieb und mich an dem

Himbeerdings aufrieb, kam er mit einer Geschichte von etwas ziemlich Kleinem, das ihn aber sehr ängstige: dem Erdzwerg. Er sagte: «Papa, ich muss dir was erzählen.»

«Du kannst es mir später erzählen. Ich muss leider arbeiten.»

«Es dauert nur kurz.»

Ich sah ein, dass es schneller gehen würde, wenn ich nicht mit ihm diskutierte. Und ich konnte mich sowieso nicht auf die Arbeit konzentrieren wegen des verfluchten Himbeerkerns.

«Der Fritz hat ein Loch in seinem Garten gegraben, das war so tief, dass er auf eine rote Mütze gestoßen ist.» Super Geschichte! Gefiel mir auf Anhieb.

«Und wem gehört die Mütze?»

«Dem Erdzwerg!»

«Der hat die da vergessen, oder wie?»

«Nein, der hatte die auf! Der Fritz hat den Erdzwerg ausgegraben!» Huch! Ganz schön gruselig. Der Erdzwerg!

«Und was ist dann passiert?», fragte ich mit ehrlicher Neugier.

«Der Erdzwerg hat zum Fritz gesagt, dass er ihn geweckt hat und dass der Fritz zur Strafe nie wieder schlafen kann.»

«Und was hat der Zwerg dann gemacht?»

«Nix, der Fritz hat wie ein Irrer die ganze Erde zurückgeschaufelt, und da war der Zwerg wieder weg. Aber nun kann der Fritz nicht mehr schlafen. Und ich kann auch nicht mehr schlafen.»

«Was hast du denn damit zu tun?»

«Ich muss immer an den Erdzwerg denken.»

Das leuchtete mir ein, aber ich war nicht ganz sicher, ob er eine Traumatherapie benötigte oder nur das Schlafengehen hinauszögern wollte. Er ist raffiniert. Aber empfindsam.

«Du möchtest länger aufbleiben?»

«Geht nicht anders. Ich kann erst ins Bett gehen, wenn du gehst.»

«Ich muss noch die Kolumne fertig schreiben. Du kannst dich auf die Couch legen und mir dabei zuhören.» Er legte sich hin, und ich klapperte vor mich hin. Zwischendurch fluchte ich über das Dinglein zwischen meinen Zähnen.

«Was hast du, Papa?», fragte Nick müde.

Ich erklärte ihm das mit den winzigen Dingen, zu denen die Atome und die Spülmaschinenkrümel und die Erdzwerge und die Himbeerkerne gehören, und dass da gewisse Zusammenhänge existierten. Nick antwortete matt: «Du musst ein bisschen Wasser zwischen den Zähnen hin und her spülen, dann geht der Kern raus.» Dann schlief er ein. Ich spülte den Kern aus, trug Nick ins Bett und konnte dann ewig nicht schlafen. Ich musste ständig an diesen schrecklichen Erdzwerg denken.

Ich bin unheimlich reich

Manchmal gebe ich Interviews am Telefon, denn die Journalisten haben keine Zeit, mich wegen ein paar Fragen zu besuchen, und das ist mir auch ganz recht so. In der Regel entwickeln sich kurze und angenehme Gespräche, die ich bald darauf wieder vergesse. Eines ist mir allerdings noch sehr präsent. Da rief eine Dame von einer, wenn nicht sogar von *der* deutschen Presseagentur an und begann eine sehr merkwürdige Unterhaltung, in der es vor allem darum ging, dass ich sicher phänomenal reich sei. Ich verneinte. Es geht uns gut, danke. Aber reich, ich weiß nicht. Nein. Ich wechselte das Thema, denn ich dachte, es sei nun auch gut damit. War es aber nicht.

Ganz offensichtlich spielten alle meine Texte in einem reichen Milieu, insistierte sie. Immerhin hätte ich meinem Sohn in der Kolumne schon einmal etwas gekauft, einfach so. Ich erklärte freundlich, dass dies eine nicht unübliche Kulturtechnik sei, um seine Kinder zu erfreuen und dies nicht nur in reichen Familien, worauf sie mir hasserfüllt entgegnete, dass es sich ein Hartz-IV-Empfänger jedenfalls nicht leisten könne, seinem Sohn einfach so etwas zu kaufen. Ich fragte sie, ob alle Menschen reich seien, sobald sie nicht Arbeitslosengeld II bezögen. Das bedeute nämlich, dass die Mehrheit der Deutschen reich ist, und dies sei doch eine gute Nachricht, die sie unbedingt über ihre Agentur verbreiten müsse.

Da war sie beleidigt. Am Ende habe ich das Interview nicht freigegeben, und was ich freigegeben hätte, wollte sie nicht veröffentlichen. Diese verpasste Gelegenheit gibt mir jetzt im Nachhinein natürlich schwer zu denken, denn selbstverständlich bin ich total wild auf Presse. Aber dann muss man den Herrschaften auch etwas anbieten. Einfach nur die Wahrheit interessiert ja keinen Menschen. Daher hier ersatzweise für die Dame von der Deutschen Presse-Agentur die Beschreibung eines ganz normalen Arbeitstages bei mir zu Hause, wie sie ihn sicher gerne hätte. Bitte sehr.

Nachdem ich mich morgens eine Viertelstunde in meinem Badezimmer verlaufen habe, entdecke ich doch noch meinen türkischen Barbier, der mir den Bart abnimmt, während ich die Zeitung von Otto Sander vorgelesen bekomme, dem ich dafür täglich ein sagenhaftes Honorar zahle. Aber er ist jeden Cent wert, besonders beim Sportteil.

Ich frühstücke meistens im Blauen Salon und telefoniere dabei mit meiner Frau, die lieber im Spiegelsaal sitzt, weil da das Licht für ihre Aquarelle besser ist. Mir ist er aber zu weit vom Teich entfernt, auf dem ich unseren Schwänen dabei zusehe, wie sie von Wesley, dem Oben-ohne-Schwanenpfleger, mit blattgoldverziertem Kuchen gefüttert werden. Nach dem Frühstück beklage ich mich über das Kirschholzparkett, denn es sieht ja nach zwei Wochen doch ganz schön abgelatscht aus. Regelrecht asozial, wie beim Plebs! Also rufe ich meinen Innenarchitekten herbei, und er macht Vorschläge. Ich entscheide mich nach langem Hin und Her für das

Bonsaiparkett zu 116 000 Euro pro Quadratmeter. Meine Frau wird Augen machen. Und die Kinder erst. Sie sehen es natürlich erst in den Ferien, weil sie während des Schuljahres in einem Lamakloster im Nachbarort leben. Ich habe es extra dorthin gebaut, damit sie es nicht so weit nach Hause haben.

Nach einem Telefonat mit Schröder, der mir diese Gasklitsche aus dem Osten andrehen will, nutze ich das schöne Wetter und schieße im Park auf das Wild, das ich mir wöchentlich aus der Serengeti kommen lasse. Aber die Löwen sind ziemlich lahm, wahrscheinlich ist es ihnen hier einfach zu kalt. Ich bestelle also siebentausend Heizpilze und setze mich an den Schreibtisch, um zu arbeiten. Aber mir fällt nichts ein, weil ich mich so über den Fluglärm ärgere, den meine Helikopter verursachen. Aber was soll man machen, meine Frau braucht den Wind, damit sie im Pool surfen kann. Und ohne Wind ist das ja nichts.

Das Luxusleben meiner Gattin stellt übrigens eine gewisse Belastung dar. So psychisch. Für uns beide. Auf der anderen Seite gibt es praktisch kein Problem, das man nicht mit einer Botox-Spritze glätten könnte. Aber langweilig ist mir trotzdem manchmal. Ich warte und warte und warte auf die Post. Schließlich halte ich es nicht mehr aus und rufe meinen Chauffeur herbei, damit er mich die fünf Kilometer durch den Park zur Einfahrt bringt, wo unser Briefkasten hängt. Zum Glück war der Briefträger schon da. Was ist denn das? Sara hat offenbar das Nord-Male-Atoll gekauft. Warum erfahre ich davon erst jetzt? Vielleicht sollte es eine Überraschung sein. Trotzdem ärgerlich.

Was soll's. Ich würde meine Frau niemals verlassen. Allein schon weil ich mich einfach nicht entscheiden könnte, welchen meiner drei Dutzend Sportwagen ich dafür nehmen soll. Reich sein ist wirklich manchmal eine unendliche Qual. Aber das versteht diese Frau von der Presseagentur nicht.

Wer nicht schimpfen darf,
muss ganz die Klappe halten

Manchmal fühle ich mich furchtbar einsam in meiner Ehe, so als einziger Mann. Frauen haben solche Probleme kaum, denn sie sind mühelos in der Lage, ihre weiblichen Eigenschaften in einer Lebensgemeinschaft unterzubringen. Sie müssen eigentlich kaum jemals unangebrachte Gewohnheiten unterdrücken oder heimlich austoben. Frauen neigen zum Beispiel nicht dazu, im Auto rumzubrüllen, was ich zumindest früher gerne und häufig tat, sobald mir jemand die Vorfahrt nahm oder zu langsam oder zu schnell oder zu wenig vorausschauend oder nicht elegant genug fuhr. Ich reagierte darauf mit heftigem Unflat, den Sara in den ersten Jahren unserer Beziehung noch ganz lustig fand, aber dann kamen die Kinder, und die krümelten nicht nur die Rücksitze voll, sie lernten auch die Vokabeln, die ich vorne gebrauchte. So ist das nun einmal mit dem Spracherwerb. Wer möchte, dass die Kinder klingen wie Little Lord Fauntleroy, der muss selbst so sprechen. Und nicht wie ich, denn ich beherzige den Grundsatz, wie ein Philosoph zu denken und wie ein Bauer zu reden.

Und so kam es, dass ich eines Tages meine damals dreijährige Tochter aus dem Kindersitz fummelte und diese selig lächelnd zu mir sagte: «Jetz' mach ma' hinne, du Tempeltänzer.» Dies hatte ich selbst wenige Momente zuvor in anderem Zusammenhang geäußert, und in meine Freude über die ungeheuerliche Gelehrsamkeit meines Kindes mischte sich die Erkenntnis, dass der Rücksitz Ohren hat.

Nach einem sehr, sehr peinlichen Vorfall im Kindergarten bat mich Sara, ab sofort zurückhaltender mit dem Unvermögen anderer Verkehrsteilnehmer umzugehen. Sie drückte diesen Wunsch allerdings anders aus. Sie sagte: «Himmelherrgottnochmal, würdest du bitte endlich damit aufhören, andere Autofahrer bei jeder Gelegenheit ‹ungebumstes Frattengesicht› zu nennen?» Diesem Verbot vorausgegangen war ein extrem unangenehmes Gespräch mit der Kindergärtnerin. Sie hatte Sara gefragt, woher unser Nick eigentlich diesen Ausdruck hätte. Und nicht nur diesen übrigens, auch andere wie zum Beispiel «Hackfresse», «Arschkrampe», «Klapskalli», «Heckenpenner» und «Heiopei». Sara war schockiert und wurde erst rot und dann wütend, und zwar auf mich. Sie habe überhaupt keine Lust, dort schief angesehen zu werden. Das sei unendlich peinlich und unnötig. Und da hat sie ja auch recht. Ich habe mir daher seit einigen Jahren angewöhnt, nur noch sehr nette Dinge über fremde Verkehrsteilnehmer zu sagen.

Ich sage also: «Ich würde mich freuen, wenn Sie die Abbiegespur nähmen, liebe sehr verehrte gnädige Frau.» Oder ich sage: «Es wäre nun angezeigt, nach rechts zu wechseln, um mir den Überholvorgang zu ermöglichen, oh du Gebieter über den ockerfarbenen Passat.» Oder: «Es ist fein, wie viel Zeit Sie sich zum Ausparken nehmen. Wer nimmt sich heute schon noch Zeit? Sie funkelnder Diamant in der Kiesgrube des Individualverkehrs.» Ich finde, dagegen kann man nichts haben, oder? Und es trägt Früchte. Ich bin stolz darauf, dass meine Kinder seit Jahren nicht mehr wüst fluchen.

Na ja. Gut. Ganz selten vergesse ich mich doch noch, wenn wir mit den Kindern unterwegs sind. Oder ich nehme fälschlich an, dass sie außerhalb der akustischen Kopfhörerwolken, mit denen sie sich einnebeln, sowieso nichts mitkriegen. Das ist natürlich nicht wahr. Ich habe meinen Sohn im Verdacht, gar keine Musik zu hören, sondern uns zu belauschen.

Vor einiger Zeit bekamen wir nämlich Besuch von einem Mann, den ich kaum kenne. Der will etwas Berufliches von mir, worauf ich keine Lust habe, und darüber unterhielt ich mich mit Sara im Auto.

Abends klingelte es, und Nick öffnete die Tür. Ich hörte, wie der Mann sich vorstellte und sagte, er sei der Robert und habe eine Verabredung mit dem Papa. Nick bat ihn herein und sagte: «Ich weiß schon, Sie sind der Vollpfosten, der meinem Papa dauernd Mails schreibt, die der gar nicht so schnell löschen kann, wie sie ankommen.»

Der Mann lachte. Später sagte ich ihm vor Scham bebend meine Zusammenarbeit bei seinem Projekt zu. Seitdem schweige ich auf Autofahrten. Meistens.

Angeln mit Antonio

Nick und ich sahen fern. Das machen wir manchmal. Man kann seinem Kind nicht ununterbrochen Business-Chinesisch beibringen. Hin und wieder muss man fernsehen. Wir schauten eine Sendung, in der Menschen auf Dachböden nach wertvollem Plunder suchten wie Schweine nach Trüffeln.

Das ist übrigens kein sehr anständiger Vergleich, denn für die Trüffelsuche werden Säue eingesetzt, die eigentlich nicht nach Trüffeln, sondern nach duftenden Ebern suchen. Der Trüffelgeruch ähnelt nämlich dem des Androstenons, des Sexuallockstoffes des männlichen Schweins. Vergleicht man also Privatsendersklaven, die in Kellern, Schuppen und eben auf Dachböden nach schmiedeeisernen Bügeleisen wühlen mit Trüffelschweinen, so unterstellt man ihnen dabei eigentlich sexuelle Absichten. Und davon war im Fernsehen nichts zu sehen, niemand wollte sich mit einem schmiedeeisernen Bügeleisen paaren. Immerhin fanden die Männer allerhand Zeug, welches sie zum Trödelmarkt schleppten und verhökerten. Wahnsinn, wofür ich alles keine Fernsehgebühren zahle.

Nick brachte die Sendung auf die Idee, unseren eigenen Dachboden zu durchwühlen. Ich ließ ihn gewähren, denn ich weiß, was da oben ist: nichts als Talmi, Steuerunterlagen und Winterklamotten. Nach einer Viertelstunde fiel mein Kind jubelnd die Leiter hinunter und präsentierte seinen Fund: eine prähistorische Angel. Keine Ahnung, von wem die ist, jedenfalls nicht von mir. Wahrscheinlich gehörte sie dem Erbauer des Hauses, in dem wir wohnen. Es ist von 1925, und vermutlich ist die Angel auch von 1925. Nick hatte sie hinter einem Bretterhaufen von 1935 entdeckt. «Können wir angeln gehen?», bettelte er.

Ich kann nicht angeln. Mein Ehrgeiz für die Sportfischerei trägt so winzig kleine Flügelchen, dass sie mich nicht einmal bis zur Haustür tragen. Aber Nicks Gesicht glomm derart Huckleberry-Finn-artig, dass ich mit ihm zu einem nahe gelegenen Weiher ging. Wir fingen nichts, was auch damit zu tun hatte, dass wir keinen richtigen Köder dabeihatten. Ich spießte ein Gänseblümchen an dem Haken auf, wir warfen die Schnur aus und saßen eine ganze Weile herum, bis Nick die Sache zu langweilig wurde und er mich eine Angelniete nannte.

Insgeheim war ich froh darüber. Nicht auszudenken, was passiert wäre, wenn tatsächlich ein Rotauge oder so etwas angebissen hätte. Man muss dann den Fisch festhalten und den Haken aus dem Maul operieren. Bin ich Zahnarzt? Eben. Außerdem ist das Tierquälerei.

Abends fragte Nick, was man eigentlich mit einem Fisch anstelle, wenn man einen gefangen habe. Ich erklärte ihm, dass man ihn entweder ins Wasser zurückwerfe oder aufesse, was er extrem aufregend fand. Wenn es bei mir nicht mehr so laufe, könne er ja auf diese Weise den Lebensunterhalt sicherstellen, verkündete er. Ich bezweifelte allerdings, dass wir durch den Verzehr grätenreicher Tümpelfische dem Elend ein Schnippchen schlagen würden, und versteckte die Angel. Nick vergaß das Ding, und ein paar Tage lang war vom Fischen nicht mehr die Rede.

Dann besuchte uns mein Schwiegervater. Antonio Marcipane kommt gerne vorbei, und die Kinder freuen sich immer sehr, denn dann gibt es sofort keine Regeln mehr. Wenn Antonio da ist, herrscht ein dreitägiger Volksfestzustand. Er betrat unser Heim, und nach etwa einer Minute hörte ich ihn rufen: «Was iste der fur ein Angeldingeda?» Er hatte beim Aufhängen seiner Jacke die von mir in der Garderobe verborgene Rute entdeckt. Ein schönes Exemplar sei das, stellte er fest. Und dass er als Jugendlicher nach dem Krieg die Familie quasi im Alleingang mit Fisch versorgt und so durch schwere Zeiten gebracht habe. Nick war außer sich.

Er erzählte, dass es seinem Vater – mir – nicht gelungen sei, mit einem Gänseblümchen einen Fisch zu fangen, und dass der Opa das bestimmt besser könne und dass die Zeiten nun auch schwer seien und ob sie sofort zum Weiher gehen könnten?

Antonio versprach es ihm für den nächsten Tag. Den restlichen Abend hänselte er mich mit dem blöden Gänseblümchenköder. Gänseblümchen. Pah! Ich sei ein dummer Salat, und er habe seine Methoden und wir würden schon sehen.

Am nächsten Morgen gingen wir angeln. Zu dritt. Antonio weckte mich um 05:30 Uhr, denn «nur dä Fruhwurm fangte eine Fisch». Er selbst war bereits eine halbe Stunde zuvor aufgestanden, um im Garten nach Fruhwurmen Ausschau zu halten. Er hielt eine kleine Dose in der Hand, in der sich bedauernswerte Geschöpfe kringelten. Auch Kaffee hatte er schon gebrüht, einen ordentlichen Schwimmer gebastelt und Gewichte angebracht. Unsere prähistorische Rute sah fast wie eine echte Angel aus.

Nick, Antonio und ich marschierten zum Weiher, und mein Schwiegervater erklärte, zum Anfüttern habe er Paniermehl dabei und Maiskörner für den Haken, eine todsichere Methode sei das.

Wir setzten uns ans Ufer, und Antonio streute das Mehl ins Wasser. Er legte den Zeigefinger vor den Mund, und wir schwiegen fast eine ganze Minute. Dann fummelte er mit einem Maiskorn am Haken herum und warf die Angel aus. Nick beobachtete jede Regung seines Großvaters mit andächtiger Neugier. Antonio goss sich einen Kaffee ein und blickte aufs Wasser.

«Und was machen wir jetzt?», fragte Nick.

«Nu warten auffe die große Fischda. Der iste dadrin und bekommte Lust auf eine prima colazione unde peng haben wir der Bursch.»

Dann geschah nichts weiter, es war allerdings bemerkenswert kühl. Und langweilig. Plötzlich griff Antonio die Angel und behauptete, es habe sich etwas bewegt. Er hampelte eine Weile mit der Angel am Ufer herum, schrie auf Italienisch den Tümpel an und riss dann Schnur, Pose und Haken aus dem Wasser. Letzterer war leer.

«Dä Kerle iste entewitscht, Dä iste nikte blöde», rief Antonio und machte sich abermals am Haken zu schaffen. Dabei sah ich, dass er den Mais keineswegs befestigte, sondern in seiner Hosentasche verschwinden ließ. Nick bekam nichts davon mit. Antonio warf die Angel wieder aus, setzte sich und erzählte seinem Enkel von einem ungeheuren Karpfen, größer als Nick sei der gewesen und doppelt so schwer. Und er, Antonio, habe ihn 1962 unter größten Anstrengungen gedrillt und besiegt.

«Opa, was machen wir, wenn wir den Karpfen an der Angel haben?»

«Wir ollene ihn raus, dann make wir Peng mit der Knuppel gegen der Kopp und aus iste.»

Da bekam Nick Angst. Das war ihm nicht klar gewesen. Man zieht den Haken aus dem Maul, dann erschlägt man das hilflose Wirbeltier. Nick flehte um Gnade für den Karpfen, aber Antonio ließ sich auf keine Diskussionen ein. Er werde dem Fisch eigenhändig die Leber entfernen, ließ er wissen. Zum Glück biss niemand an, was weder mich noch Antonio wunderte, Nick aber über eine Stunde lang in höchster Spannung hielt.

Auf dem Heimweg war mein Sohn sehr erleichtert. Es war aufregend gewesen, viel aufregender als mit mir und meinem sinnlosen Gänseblümchen.

«Ich habe genau gesehen, dass kein Köder dran war», flüsterte ich Antonio zu.

Er antwortete, dass es nicht darauf ankäme, etwas zu fangen, sondern dass es nur um das Angeln an sich ginge. Und dass Nick mit seiner, Antonios, Maiskörnchen-Taktik einen großen Angeltag erlebt habe. «Immer mach una bella figura», flüsterte er mir zu. Man kann eine Menge von den Italienern lernen, finde ich.

Die Hochzeit des Jahres

Wir gleiten allmählich in ein kritisches Alter, denn die Hochzeitseinladungen werden seltener. Dafür nehmen jene für 50. Geburtstage zu. Und die zu Beerdigungen. Wenn überhaupt noch geheiratet wird, bekommt man das oft gar nicht mehr mit. Vor einigen Wochen traute sich ein Freund von mir zum dritten Mal, doch er machte kein Aufhebens davon. Seine Braut und er gingen alleine zum Standesamt und fuhren danach zu Ikea, um dort feierlich zu frühstücken. Das kann man traurig finden, aber auch konsequent.

Ich war auf jeden Fall überrascht, als ich heute Morgen mit der Post einen kostspieligen Umschlag aus dem Briefkasten würgte. Dieser enthielt einen dicken Stapel Papier. Die erste Seite war überschrieben mit «Unsere Traumhochzeit». Darunter macht es heute keiner mehr. Traumehen sind selten geworden, aber die Hochzeiten sind gigantisch. Ich las. Es handelte sich hierbei nicht einfach um eine Trauung, sondern um eine Mischung aus einer Studiosus-Reise, einer Nordwand-Besteigung und einem Volksmusik-Event. William und Kate sind eine Lachpille gegen Matthias und Saskia.

Die beiden rechnen fest damit, dass wir uns die Zeit vom 13. bis 16. Oktober für sie freihalten. Sie erwarten uns ab Freitag, 12 Uhr. Und zwar nicht in Stuttgart, wo sie zu Hause sind, sondern in Österreich, am Wolfgangsee. Dort haben sie Kontingente in drei Hotels reserviert und wir können uns aussuchen, wo wir schlafen wollen, Preisliste anbei. Natürlich dürfen wir die Kinder mitnehmen, dann sind es eben zwei Zimmer.

Nach der Ankunft erfolgt laut Programm eine mehrstündige gemeinsame Wanderung auf einen Berg und zu einem Imker, bei dem wir Honig und Kerzen und Badezusätze kaufen können. Matthias und Saskia wünschen sich, dass alle mitkommen, weil wir doch sicher sehen wollen, wo er ihr den Heiratsantrag gemacht hat, nämlich am Gipfelkreuz (wetterfeste Kleidung!). Dort wird Punkt 18 Uhr ein halbes Schwein gegrillt, danach kommt eine Aufführung der besten Lieder von Udo Jürgens zum Vortrag, dargeboten von Verwandten des Brautpaares, die seit November proben.

Nach der Rückkehr ins Hotel (geplant gegen 20:30 Uhr) möchten wir uns bitte umziehen (Tracht!), denn es geht um 21 Uhr in einen zwölf Kilometer entfernten Heuschober, wo uns ein Zitherspieler sowie diverse regionale Spezialitäten erwarten. Wir könnten schon mal das Essen bestellen, dann geht es damit schneller (Preisliste anbei). Kinder bis zwölf Jahre sind am Freitagabend nicht erwünscht, weil die Eltern sonst immer an ihnen herum erziehen und auch früher ins Bett gehen, und das schlägt auf die Stimmung.

Am Samstag erhalten alle Gäste die Möglichkeit, mit Matthias zum Gleitschirmfliegen zu gehen. Möglich sind auch Tandemflüge (Preisliste anbei). Danach umziehen, Mittagessen in einem bezaubernden Lokal 20 Kilometer südlich von Sankt Gilgen, und gegen 15 Uhr treffen wir uns zur Hochzeitsmesse, die von einem ganz irren Pfarrer abgehalten wird, den Matthias und Saskia mal auf einem Harley-Treffen in der Lüneburger Heide kennengelernt haben.

Anschließend dürfen wir unsere Geschenke in einer antiken Postkusche ablegen (Wunschliste anbei) oder Geld in einen Kasten werfen. Für eine neue Couch, Abbildung (ächz) anbei. Dann folgt ein Gocart-Rennen gegen Einheimische und abends dann das Essen und die Feier, zu der die Damen im Abendkleid und die Herren im Smoking erscheinen möchten, denn das Motto der Party lautet: Die wilden Zwanziger. Kinder bitte dazu nicht mitbringen, siehe oben. Gerne dürfen wir uns auch am Abendprogramm beteiligen. Beiträge und Ideen möchten wir bitte bei den Cousinen anmelden, deren Kontaktdaten wir auf Seite neun finden. Die freuen sich schon! Für eine Tombola zugunsten der Flitterwochen von Matthias und Saskia wird zudem um Sachspenden gebeten und um den Kauf von möglichst vielen Losen zu je zehn Euro. Wenn man seine eigene Spende gewinnt, kann man aber tauschen.

Zum Ausklang der Feierlichkeiten bittet man uns am Sonntag zu einem gemütlichen Hüttenfrühstück auf 1800 Metern Höhe, und dann wird es langsam Zeit für die Abreise. Klingt ja wirklich sehr aufregend, besonders der Hinweis, man habe ein Jahr lang geplant und wünsche sich sehr, dass alle Gäste mitziehen.

Das würde ich vielleicht auch. Nur: Ich habe absolut keinen Schimmer, wer Matthias und Saskia überhaupt sind.

Vierundzwanzigmal werden wir noch wach

Unsere Tochter hat eine enorme Gerechtigkeitslücke in unserem Haushalt ausgemacht. Es sei nämlich so, hob sie vor einigen Tagen in präadoleszentem Tremolo an, dass in der kommenden Woche die Adventskalender aufgehängt würden, und da habe sie mit gehörigem Gram festzustellen, dass sie seit Jahren praktisch dasselbe Zeug darin vorfände wie ihr immerhin vier Jahre jüngerer Bruder. Ein paar erklärende Worte zu unserem Adventskalenderbrauch: Wir kaufen keine fertigen Kalender mit Türchen und Schokolädchen, sondern beschicken seit Jahren zwei selbst gebastelte Exemplare mit Kleinigkeiten: Gummibärchen, Radiergummis, Daumenkinos, Überraschungseier, Center-Shock-Kaugummis, Dinge diesen harmlosen Zuschnitts. Bisher waren damit alle zufrieden. Bisher.

Sie würde nun jedoch langsam älter, und daher sei es nicht mehr okay, dass sie wie Nick saure Kaugummis erhielte, meckerte Carla, was Nick dazu veranlasste, «saure Kaugummis» frohlockend, durchs Wohnzimmer zu rasen. Seine Vorfreude auf Pfennigartikel aus der Chemieschmiede ruchloser Süßigkeitenhersteller kennt keine Grenzen. «Siehst du», fuhr Carla fort, «für ihn ist das toll. Aber wer denkt an mich?» Ich fragte sie, was sie stattdessen in ihrem Adventskalender vorzufinden erwarte, und sie zählte allerhand Artikel aus dem Setzkastenmilieu weiblicher Teenager auf, zum Beispiel bestimmte

Nagellacke und Robert-Pattinson-Devotionalien und sprechende Bilderrahmen sowie eine Poodlebag. «Eine was?», fragte ich. «Eine Tasche mit einem Pudel drauf, wenn ich schon keinen richtigen Pudel haben kann.»

«Pudel sind was für die Jacob Sisters», entschied ich, und komischerweise fragte sie nicht, wer die Jacob Sisters sind. Vermutlich hält sie die Jacob Sisters für weitläufige Verwandte der Jonas Brothers.

Aber an ihrer Kritik war schon etwas dran. Immerhin werden die Kinder älter, und die Ansprüche ändern sich und sind irgendwann nicht mehr mit Schokolade und Pixie-Büchern zu befriedigen. Es lohnt sich, den Gedanken zu Ende zu denken und sich vorzustellen, jeder Mensch bekäme in jedem Jahr nur Dinge in den Adventskalender, die ihm in seiner aktuellen Lebenssituation Freude bereiten.

Angela Merkel zum Beispiel. Die Schülerin aus Templin hat sich 1963 bestimmt sehr über Walnüsse und Plätzchen gefreut. Schon zehn Jahre später hätte man sie damit kaum hinter dem Labortisch hervorlocken können. Vierzig Zentimeter Hochfrequenzlitze hätten die Physikstudentin sicher gefreut, das wäre was gewesen, oder gleich ein kleiner knuspriger Spulenkern. Inzwischen wünscht sie sich insgeheim hinter jedem Türchen einen dankbaren Wähler oder wenigstens einen kurzen Applaus oder eine klitzekleine Idee zum Regieren. Aber vermutlich bekommt sie nur Adventskalender mit Euromünzen aus Schokolade oder so etwas. Und das ist ja eigentlich deprimierend. Da hätte man auch gleich Physikerin bleiben können.

Und wie haben wir unser Carla-Problem gelöst? Letztlich besorgten wir doch wieder allerhand Süßigkeiten und für Carla auch ein paar Vampir-Accessoires. Nächstes Jahr wird es damit vorbei sein, und dann werden neue Themen in unser und Carlas Leben treten.

Im Übrigen besitze auch ich in diesem Jahr einen Adventskalender. Er kam gerade mit der Post als Geschenk von einem Werkzeugversand, bei dem ich einmal einen winzigen Schraubendreher bestellt habe, um Nicks ferngesteuerten Hai zu reparieren, was nicht gelang und mir den Vorwurf eintrug, ich hätte ihn erst richtig kaputt gemacht und damit gleichsam das Leben meines Sohnes zerstört. Jedenfalls habe ich das riesige Adventskalenderposter von den Werkzeugheinis im Büro aufgehängt.

Hinter jedem Türchen nackte Weiber mit Werkzeug in der Hand. Das zwölfte Türchen habe ich schon einmal heimlich geöffnet. Unter einer so üppig bestückten Handwerkerin, dass es mit natürlichen Vorgängen nicht mehr zu erklären ist, stand der sagenhafte Satz: «Chantal zeigt dir, wo der Hammer hängt.» Natürlich muss ich unbedingt wissen, ob denen für die restlichen dreiundzwanzig Tage vergleichbar irre Sprüche eingefallen sind. «Jacqueline nimmt dich in die Zange» oder so etwas. Bin regelrecht fipsig bei dem Gedanken, dass dieser lyrische Kanonendonner noch bis Heiligabend geht. Ich kann meine Tochter gut verstehen.

Lilly, Gimli und Steve aus Kasachstan

Lilly ist weg. Einfach verschwunden. Lilly war der dsungarische Zwerghamster unseres Sohnes Nick. Wir kauften aus Gerechtigkeitsgründen zwei dieser wühlenden Nager zu Weihnachten, einen für Carla und einen für Nick. Beim Kauf riet man uns davon ab, beide in einen gemeinsamen Käfig zu setzen, weil es sein könnte, dass sie sich gegenseitig umbrächten. Das konnten wir uns angesichts des pazifistischen Äußeren dieser winzig kleinen kasachischen Hämsterchen nicht vorstellen, aber das bedeutet nichts. Meine Frau sieht zum Beispiel fast genau so süß aus wie ein dsungarischer Zwerghamster, und trotzdem habe ich einmal erlebt, wie sie sich mit einer noch kleineren Japanerin in einem Outlet-Store bei Florenz um eine Bluse beinahe gehauen hat. Die Asiatin gab im Verlauf der kurzen, aber äußerst schauwertigen Vorstellung sehr merkwürdige Laute von sich. Am Ende hat Sara trotzdem gesiegt. Sie hat die Fellfarbe eines Hamsters, aber das Herz einer Löwin.

Wir kauften jedenfalls zwei Käfige, zwei Wasserschälchen, zwei Höhlen, zwei Laufräder und eben zwei dieser kasachischen Steppenhamster, die von unseren Kindern am Heiligen Abend erheblich begeisterter begrüßt wurden als die Niederkunft des Heilands. Nick entfernte umgehend das Jesuskind aus der Wiege in der Holzkrippe und legte seine verstörte Hamsterin hinein, die uns ansah, als seien wir nicht ganz bei Trost.

Carla schlug vor, ihren Hamster Antonio zu nennen, wovon ich sie abbringen konnte, weil es sich um ein Weibchen handelt. Es trägt nun den Namen Steve. Das ist zwar auch nicht unbedingt ein Mädchenname, aber ergibt wenigstens einen Sinn. Der Name war meine Idee, weil mich das Tier an Steve McQueen in dem Ausbrecherdrama «Papillon» erinnert. Genau wie dieser scheint auch die Hamsterin Tag und Nacht nur an eines zu denken: Flucht. Von der ersten Sekunde an begann sie, die Metallstäbe des Käfigs anzunagen. Sie hing sich an die Decke ihrer Behausung und hielt sich mit den Zähnchen an den Gitterstäben fest. Die rührende Vergeblichkeit ihres Tuns hielt sie keineswegs davon ab, mit der Nagerei aufzuhören. Tagelang probierte sie es immer wieder, suchte sich ständig neue Stäbchen aus, inzwischen hat sie immerhin die schwarze Farbe des Metalls abgeknabbert.

Lilly hingegen verhielt sich ruhig, obwohl sie mit Nick einen entschieden anstrengenderen Zimmergenossen hatte. Unser Sohn baute einen Turnparcours in einer mit Stroh ausgelegten Kiste. Diese enthielt mehrere von ihm gebastelte Sportgeräte, unter anderem eine Wippe, die aus einer Brio-Bahn-Schiene und einem Prittstift bestand. Komischerweise wollte Lilly gar nicht drübergehen und setzte sich auf ein Ende, um abzuwarten. Nick drückte mit Schwung auf die andere Seite der Wippe, und Lilly flog rekordverdächtige zwanzig Zentimeter in die Luft, landete danach sanft im Stroh und lehnte jede weitere Zusammenarbeit ab. Ein anderes Experiment stoppte ich bereits im Stadium der Vorbereitung. Nick plante nämlich, Lilly durch die Badewanne schippern zu lassen – und zwar in seinem Lego-U-Boot.

Dann war Lilly weg. Eines Morgens fanden wir den Käfig leer vor. Offenbar hatte Nick ihn nicht richtig geschlossen, und Lilly war nachts ausgebüxt. Wir suchten sie überall, wir rückten Schränke ab, sahen hinter Gardinen und der Waschmaschine nach und entdeckten dabei allerhand interessante Dinge, wie zum Beispiel meinen Reisepass. Jemand hat darin herumgemalt. Ich trage auf dem Foto eine Art Playmobil-Frisur und einen Spitzbart.

Wir fanden jedenfalls alles Mögliche, bloß kein Nagetier. Nick war außer sich vor Kummer. Also kaufte ich noch am selben Tag einen neuen dsungarischen Zwerghamster, wieder ein Weibchen. Es heißt Gimli und ist ein bisschen dick, weswegen Nick der Ansicht ist, dass ihr ein Sportprogramm sicher guttun würde. Obwohl Gimli sich inzwischen gut eingelebt hat, denke ich oft an Lilly. Wo mag sie sich wohl versteckt haben? Ich lausche auf jedes Knacken und Knistern im Haus und bilde mir ständig ein, sie auf dem Dachboden trippeln zu hören.

Carlas Hamsterin Steve ist übrigens seit Lillys Ausbruch merkwürdig ruhig. Sie nagt nicht mehr an Gitterstäben, eigentlich bewegt sie sich kaum noch, benimmt sich auffallend unauffällig. Sie sitzt nur in ihrer Ecke, knabbert ihr Futter und sieht mich düster an, wenn ich ins Zimmer komme. Ich glaube, sie wartet auf Lilly. Eines Nachts wird Lilly kommen und in einem günstigen Augenblick den Käfig öffnen, und dann verschwindet auch Steve. Wir müssen wachsam sein.

Das Obama-Komplott

Mir kann niemand mehr etwas vormachen, denn ich weiß Bescheid über das große Obama-Komplott. Ulrich Dattelmann hat mir alles sehr plausibel erläutert. Er ist der Vater von Frank-Ribery und Chiara-Roxana. Namen wie Faustschläge in die Magengrube empfindsamer Ästheten. Egal. Jedenfalls ist Dattelmann Elternsprecher in Nicks Klasse. Dieser Dattelmann hat den Weihnachtsbasar auf dem Schulhof organisiert. Er ist ein Aktivitäts-Terrorist. Dattelmann kennt alle Spielregeln der Welt, und er besitzt eine Trillerpfeife, mit der er auf Schulfesten den Strom der Ereignisse und alle Besucher steuert. Gut, wir hätten Dattelmann nicht wählen müssen, damals im Sommer. Aber es gab keinen Gegenkandidaten. Und jetzt sollten wir uns von ihm in Schichten einteilen lassen, um Waffeln zu backen, Kastanienmännchen zu verkaufen und Punsch auszuschenken. Ich behauptete am Telefon, dass ich den Pool kärchern müsse, aber Sara erinnerte mich unnötigerweise daran, dass wir weder einen Kärcher noch einen Pool hätten. Außerdem böte ein Weihnachtsbasar die Gelegenheit, andere Eltern kennenzulernen.

«Wieso?», maulte ich. «Früher oder später trifft man sich doch sowieso vor Gericht.» Es ist doch wirklich so, dass sich Eltern im Laufe eines langen Schülerdaseins zwangsläufig begegnen. Zum Beispiel, wenn ein Vater die Tochter von der Kellerparty eines Schulkameraden abholt und die anwesenden Jungs ganz deutlich nach Alkohol riechen. Oder sogar nach Räucherstäbchen oder so was. Dann muss der Vater anderntags bei den Eltern des Gastgebers anrufen und sagen: «Ihre Lendenfrucht raucht Räucherstäbchen oder so was.» In meiner Jugend gab es solche Anrufe. Oder: Der Vater muss nachts um vier Uhr aufstehen, weil das Telefon klingelt. Die Tochter ist dran und fragt, ob sie achtzehn Kilometer entfernt abgeholt werden kann, weil der letzte Bus weg sei. Der Vater muss am Treffpunkt feststellen, dass da noch drei Freunde der Tochter stehen, deren Väter schon lange nicht mehr ans Telefon gehen, wenn es nachts klingelt. Und auch in einem solchen Fall muss man natürlich anderntags die Eltern anrufen, schon um mal auszuprobieren, ob sie wenigstens tagsüber ans Telefon gehen. So lernt man sich kennen, wozu dann also noch mitten im Winter auf dem Schulhof rumstehen!?

Sara hörte geduldig zu, dann fuhren wir zum Weihnachtsbasar, wo ich mir zwei Stunden lang magmaartig heißen Punsch über die Flossen goss, weil die Suppenkelle zu groß und die Tassen zu klein waren. Während ich meiner fronhaften Tätigkeit nachging, läutete Dattelmann unentwegt ein impertinentes Glöckchen und sang zur Gitarre, was dazu führte, dass ich das meiste von dem, was ich nicht danebenschüttete, alleine trank. Später goss sich auch Dattelmann eine Tasse ein. Ohne zu kleckern übrigens, was mich vollends verdross. Dann legte er den Arm um mich und sagte: «Ich heiße Ulrich.»

«Ich weiß», sagte ich verzagt. Und er: «Wir sollten uns vom förmlichen Sie trennen. Seefahrer und Punschtrinker duzen sich.» Das wusste ich noch gar nicht.

Sieben Tassen später klärte Ulrich mich auf in Sachen Obama. Das sei ein ganz schlauer Hund. Die Sache sei nämlich die, dass der Barack Obama doch eigens nach Skandinavien gereist sei, um die Olympischen Spiele nach Chicago zu holen. Richtig? Und er habe sie nicht bekommen, stimmt's? Ja, stimmt. Und nur eine Woche später habe man dem Obama den Friedensnobelpreis zugesprochen. Jaja. Und das sei doch kein Zufall. Nicht? Nein! Natürlich nicht. Da müsse man doch nur mal eins und eins zusammenzählen, rief Dattelmann. Da sei doch glasklar ein Deal abgelaufen. Echt, ein Deal? Natürlich: Obama fährt also nach Kopenhagen wegen der Olympiabewerbung. Was ist in der Nähe von Kopenhagen? Jawohl: Oslo. Und da haben sie vom Nobelpreiskomitee einen nach Kopenhagen geschickt und dem Obama gesagt: Du, pass auf, Barack. Beides geht nicht. Entweder Olympia oder Nobelpreis. Wie stehen wir denn da, wenn du jetzt jede Woche gewinnst. Also überleg's dir.

Der Barack hat also abends mit seiner Frau drübergeskypt, und die hat dann am Ende entschieden, dass er natürlich den Nobelpreis nimmt. Warum? Ganz einfach aus zwei Gründen. Erstens: Olympische Spiele wären erst 2016, da ist der Obama lange nicht mehr im Amt, und dann fällt es auch nicht mehr auf ihn zurück. Verstehst? Jaja, klar. Und zweitens: Eine Million, die könne sie schon gebrauchen, die Michelle. Das ist ja kein

Pappenstiel. Da muss selbst so ein Präsident lange für stricken. So sei das.

Ich finde, das klingt plausibel. Nächste Woche beim Klassenrodeln will er mir die Sache mit Westerwelle erklären. Bin schon sehr gespannt.

Dümpeln in Tümpeln

Natürlich fragt man sich ab und an, was in der Ehefrau so vorgeht. Vieles, was da an Gedanken pulst, erzählt sie gar nicht mir, sondern ihren Freundinnen am Telefon oder auf Spaziergängen oder bei uns in der Küche. Um wenigstens ein bisschen auf dem Laufenden zu bleiben, husche ich zu solchen Gelegenheiten kurz vorbei, sage brav guten Tag und verschwinde wieder. Dabei nehme ich heimlich Gesprächsfetzen mit. Neulich zum Beispiel hörte ich – eine Mineralwasserflasche unter dem Arm und die Öhrchen fein gespitzt – folgende Sentenz aus dem Munde meiner Gattin: «Ich hätte ja gerne einen Schwimmteich, aber da kriege ich ihn nie hin.»

Da hat sie recht. In einen Schwimmteich zu steigen ist wie in Miso-Suppe zu baden. Komischerweise finden alle Frauen das romantisch. Sie möchten beim Schwimmen grünes Wasser runterschlucken, allerlei Kleingetier aufwühlen und mit den Zehen Schlamm durchwalken. Die Vorstellung, mit einem Seerosenblatt auf dem Kopf dem eigenen Tümpel zu entsteigen, macht meine Frau regelrecht wuschig. Sehr merkwürdig. Mir kann Badewasser gar nicht genug gechlort sein.

Der interessantere Teil des aufgeschnappten Satzes ist übrigens gar nicht dessen erste Hälfte, sondern die zweite: «Aber da kriege ich ihn nie hin.» Das versetzt mich in erhöhte Alarmbereitschaft, denn es steht zu erwarten, dass ich über kurz oder lang in Sachen Schwimmteich weichgekocht werden soll. Man muss sich diesen Vorgang so vorstellen: Vermutlich werden wir demnächst irgendeine Freundin mit Schwimmteich besuchen. Danach wird wochenlang eine Schwimmteich-Zeitschrift bei uns herumliegen. Schließlich wird Sara aus heiterem Himmel eines Tages mitteilen, dass sie wahnsinnig gerne schwimmen gehen würde, und zwar draußen im Garten. Ich antworte, dass man dafür einen Swimmingpool brauche und wir keinen besäßen. Sie wird leise seufzen, dass man ja einen Pool bauen könne. «Kommt nicht in Frage», werde ich verzweifelt rufen. «Wir wohnen zur Miete, die Investition bekommen wir nie wieder zurück. Und außerdem haben wir auch gar keinen Platz für einen richtigen Swimmingpool. Es sei denn, wir reißen einen Teil des Hauses ab, aber das gehört uns ja nicht.» Und damit wird das Thema für mich erledigt sein.

Sara wird einen Tag warten oder zwei. Dann wird sie völlig unvermittelt erwähnen, dass wir doch bei ihrer Freundin Susanne gewesen seien, und die habe einen Schwimmteich. Dieser stelle eine günstige Alternative dar, eine Art Kompromiss zu dem Pool, den ich haben wolle.

«Aber ich will doch gar keinen Pool», werde ich sagen, dann diskutieren wir, ich vergesse, was ich gesagt habe, oder bringe alles durcheinander, und bereits vier Wochen später nimmt Sara ihr erstes Bad zwischen Algen, Froschlurchen, Schnecken und begeisterten Nachbarinnen.

Genau so wird's kommen.

Mein Versuch, sie mit ihrer eigenen Salamitaktik zu

schlagen, ging übrigens kürzlich schwer daneben. Es war wie in dem Roman «Sonntag» von Georges Simenon. Darin versucht ein Koch, seine Frau umzubringen, und zweigt dafür über einen längeren Zeitraum heimlich winzigste Mengen Arsen vom Rattengift ab, um sie eines Sonntags in ihr Risotto zu mischen. Und obwohl er fast schon paranoid vorsichtig handelt und eigentlich vollkommen sicher sein kann, dass sie das Reisgericht ohne den Hauch eines Verdachts essen wird, macht sie genau dies nicht. Weil sie weiß, dass ihr Mann sie an diesem Tag vergiften will. Sie hat seinen am Ende erbärmlichen Plan in Wahrheit schon vor Monaten durchschaut, ohne ihm das zu zeigen, denn sie kann wie alle Frauen Gedanken lesen, was wohl auch nicht schwierig ist, denn Männer haben offenbar keine besonders gute Firewall in der Birne.

Letzte Woche erwähnte ich also ganz beiläufig, dass unser Fernseher sehr lange zum Umschalten brauche. Und Sara antwortete: «Wir brauchen keinen HD-Fernseher mit eingebautem digitalen Sat-Receiver.» Ich möchte mal wissen, woher sie wusste, dass ich genau das im Sinn hatte. Ich habe nie darüber gesprochen.

Endkrasser Boy-Alarm

Es gibt Neues vom Pubertier: Die Beziehung unserer Tochter Carla mit dem schönen und von mir über die Maßen geschätzten Moritz ist in die Krise geraten. Und weil ich beide mag, leide ich mit, auch wenn mir nicht mehr so ganz klar ist, was es für Zwölfjährige zu leiden gibt. Da ist ja noch alles ganz harmlos. Glaube ich. Hoffe ich.

Auf jeden Fall ist der Wurm drin bei den beiden, und eigentlich sollte ich das gar nicht wissen, denn mir erzählt Carla so etwas natürlich nicht. Man müsste schon Ohren haben wie eine Fledermaus, um in den Genuss von Einzelheiten zu kommen. Aber was mir an den Ohren fehlt, gleicht meine Neugier aus. Ich kann mich in eine mobile geheimdienstliche Abhörstation verwandeln, wenn es sein muss. Sie werden empört und richtigerweise feststellen, dass mich das Privatleben meiner Tochter nichts angeht, aber damit liegen Sie nur teilweise richtig. Schließlich würde völliges Desinteresse am Privatleben meiner Tochter später einmal zu herben Vorwürfen und hohen Therapiekosten führen. Diese möchte ich meinem Kind ersparen und informiere mich deswegen ständig darüber, was Mädchen ihres Alters bewegt. Dabei hilft mir die regelmäßige Lektüre der gängigen Fachpresse.

Ich stand also in der Küche und blätterte die BRAVO unserer Tochter durch. Ganz schön öde. Alles voll mit

Justin Bieber und Rihanna. Wäre meine Jugend auch so öde gewesen, wäre ich wahrscheinlich heute cracksüchtig. Wie Max Wright. Das ist der Schauspieler, der vor fünfundzwanzig Jahren den spießigen Willie Tanner in der TV-Serie «Alf» gespielt hat. Im Internet existieren Fotos, auf denen er Crack raucht und es mit wilden Burschen treibt. Das hat man davon, wenn man früher zu brav war.

Nachdem ich alles gelesen hatte, was man wissen muss, um *up to date* zu sein –, Kristen hat eine neue Haarfarbe, Stephenie leidet am Vampir-Burnout, Nick datet Musical-Kolleginnen – legte ich das Heft beiseite, um Carla zu suchen. Ich mag es, mit ihr über meine frisch erworbenen «Twilight»-Kenntnisse zu schwatzen, auch wenn sie mir immer einen Tick voraus ist. Sie saß im Wohnzimmer und telefonierte, bemerkte mich aber nicht. So kam ich in den Genuss folgender Durchsage: «Mein Vater ist auch manchmal so endpeinlich.» Soso. Halt! Vater? Das bin ja ich! Frechheit. Ich lauschte weiter und erfuhr dann, dass zwischen ihr und Moritz die Dinge nicht zum Besten stehen. Was war da los?

Moritz war vor ein paar Tagen bei uns gewesen. Er blieb bis fast halb neun. Dann verschwand er ohne Abschiedsgruß. Das hätte mich stutzig machen müssen. Ich habe Carla aber nicht darauf angesprochen. Und nun kommt raus: Sie hat ihn an dem Abend rausgeschmissen, weil er etwas Fürchterliches getan hat. Er hat, während sie ihm etwas erzählte: gegähnt.

In diesem Zusammenhang habe ich kürzlich einen wunderschönen Namen gelesen: Ponniah Thirumalaikolundusubramanian. Es handelt sich bei Herrn Thirumalaikolundusubramanian um einen indischen Internisten, der sich mit neuen Erkenntnissen zum Thema Gähnen hervorgetan hat, wobei die Länge seines Nachnamens keine Rolle spielte, sondern seine Beobachtung, dass das Gähnen offenbar von primitiven Hirnregionen gesteuert wird. Affen gähnen, Hunde gähnen, Fische wohl eher nicht. Ich gähne auch, wobei mein Gehirn sehr sorgfältig darauf achtet, dass ich nicht zur Unzeit und vor allem geräuschlos gähne. Von primitiv kann bei mir also keine Rede sein. Ich bin ein überaus unprimitiver Gähner, und ich bemühe mich sehr, niemals zu gähnen, wenn meine Frau etwas erzählt. Das sollte sich Moritz hinter die Ohren schreiben: niemals gähnen, wenn Frauen reden.

Carla beendete das Telefonat und entdeckte mich hinter der Tür. Ertappt und geistig schwerfällig, wollte ich ihr in der schweren Zeit Mut zusprechen und verwendete dafür frisch aus der BRAVO entlehnte Vokabeln. Ich fragte: «Na? Endkrasser Boy-Alarm am Start?»

Carla verdrehte die Augen und ging in ihr Zimmer. Vielleicht kann ich ja zwischen den beiden vermitteln. Ich muss mal bei Moritz anrufen. Oder lieber nicht. Meine Tochter könnte bis zum Äußersten gehen und mich mit ihrem «Twilight»-Parfüm besprühen. Das überlebe ich nicht.

Der Leihhase

Es wird immer schwieriger, die Kinder von der Existenz des Osterhasen zu überzeugen. Carla glaubt nur noch mir zuliebe an ihn, und bei Nick regen sich erste Zweifel. Das hat keine biologischen Gründe. Nick hält es nach wie vor für absolut möglich, dass Hasen bunte Eier legen. Er glaubt allerdings nicht, dass sie so doof sind, sie anschließend für ihn zu verstecken. Würde er jedenfalls andersrum nicht machen. Nick hat noch keine rechte Beziehung zum kategorischen Imperativ.

Erschwerend hinzu kommt der Umstand, dass mich meine Kinder vor zwei Jahren beim Verstecken erwischt haben und ich beim besten Willen nicht als Osterhase durchgehe. Als Osterkalb vielleicht, aber nicht als Hase. Damals hatte ich verpennt und hastete durch den Garten, als die Kinder längst wach waren. Obwohl Sara sie ablenkte, stürmten sie zum Fenster, um zu gucken, warum der Osterhase so brüllte, aber das war ich. Mir war beim Eierverstecken ein Vogelhaus auf den Kopf gefallen.

Letztes Jahr wollte ich alles besser machen. Ich überlegte mir, dass die Existenz des Osterhasen am besten dadurch bewiesen werden konnte, dass ich die Eier nicht versteckte. Und wenn ich es nicht war, wer konnte es dann sonst gewesen sein? Niemand als der Osterhase. Logisch. Also engagierte ich einen Auftragshasen. Meinen Schwiegervater Antonio. Der zeigte sich am Telefon begeistert, auch wenn ihm die Bräuche unseres Landes nach wie vor nicht recht vertraut sind. Er verwechselt zum Beispiel Fasching und Silvester. Jedenfalls sieht er an Silvester so aus. Egal. Er sagte: «Okay maki der Has. Was solli tun?»

«Du kommst morgen früh um halb sieben vorbei und versteckst alles, was du hinter der Mülltonne findest.»

«Okay, keine Probleme. Binida und maki gern.»

Abends lud ich hinter der Mülltonne ab, was Antonio verstecken sollte: Schokohasen, gekochte Eier, Süßigkeiten in Osternestern, dazu zwei Bücher und zwei CDs. Am nächsten Morgen um acht Uhr standen meine Kinder am Fenster und scannten den Garten, aber es war nichts zu sehen. Carla weckte mich: «Los, geh raus und versteck die Sachen, damit wir sie suchen können.» Ich antwortete, dass ich nicht der Osterhase und dass dieser aber bestimmt schon da gewesen sei. Wir standen auf, und ich ging mit meinem vor Aufregung fiebrigen Sohn und seiner abgeklärten Schwester in den Garten. Ich hatte in früheren Jahren die Gaben immer an denselben Ecken schlampig verborgen, dort hatte es gefunkelt, und die Kinder waren ausgerastet. Diesmal strich mein Sohn planlos durch Beete und Sträucher, fand aber nur ein gekochtes Ei und ein Buch, und das war für Carla. Diese entdeckte zwar einen Schokohasen und eine verrostete Grillzange, nicht jedoch die versprochenen Süßwaren. Sara und ich suchten mit. Wir suchten systematisch und wir suchten mit zunehmender Verzweiflung. Nach einer Stunde rief ich Antonio an: «Wo ist das ganze Zeug, das ich hinter der Mülltonne deponiert habe?»

«Habi guuuut versteckte. Musste du suchen.»

Mein Schwiegervater hatte seinen österlichen Auftrag sehr ernst genommen und die Sachen nicht einfach ein bisschen versteckt – sondern ganz nach süditalienischer Art quasi verschwinden lassen.

Seitdem ist bei uns das ganze Jahr über Ostern, denn immer wieder mal taucht etwas auf. Eier in der Regenrinne, Schokolade zwischen Kaminhölzern, unter der Erde, im Rasenmäherbenzinkanister. Und immer gibt es ein großes Hallo.

Anfang Dezember habe ich dann auch meinen Rechen gefunden. Ich hätte ihn im Oktober gebraucht, als die Blätter von den Bäumen fielen. Aber er war nirgends aufzutreiben gewesen. Eines Tages bemerkte Nick, dass etwas ganz oben in der kahlen Linde festsaß. Ich identifizierte meinen Rechen. Und dann fiel mir ein, dass der Rechen immer hinter der Mülltonne gestanden hatte, bevor er verschwunden war. «Wie ist der denn da oben hingekommen?», fragte Nick. Ich antwortete wahrheitsgemäß: «Das war der Osterhase, mein Sohn. Das war der Osterhase.» Nick war extrem beeindruckt.

Lost in Småland

Statistisch betrachtet besitzt jeder Deutsche ungefähr sieben Gegenstände, die von Ikea stammen. Schätze ich jetzt mal und greife wahrscheinlich viel zu tief. Bei zweiundachtzig Millionen Deutschen wären das ja nur 574 000 000 Fräck-Spiegel, Pax-Schranktüren und Boholmen-Einbauspülen. Unser Land ist jedenfalls flächendeckend ikeaisiert. Inzwischen sind sogar Häuser der Marke im Angebot und bald auch Ehepartner, damit niemand alleine zwischen Bjursta (Tisch) und Malm (Bett) leben muss. Das weibliche Partner-Modell «Fru Holle» ist blond, und wenn man es falsch zusammengebaut hat, kann man es wieder zurückgeben. Selbst wenn ein paar Schrauben fehlen.

Manchmal habe ich den Eindruck, unser Sohn Nick ist ebenfalls ein Produkt von Ikea, eines mit Heimweh, denn er möchte immer wieder dorthin zurück. Ich kann mich zwar nicht erinnern, ihn vor siebeneinhalb Jahren in brauner Pappe verpackt aus einem Hochregal und über einen Warenscanner gezerrt zu haben, aber ihm gefällt die Vorstellung, ein schwedischer Pinocchio zu sein. Er will ständig zu Ikea, und manchmal tun wir ihm den Gefallen und fahren hin.

Dabei möchte er genau genommen nicht zu Ikea, sondern ins Småland, so heißt die Kinderaufbewahrungsstelle bei Ikea. Alle Kinder lieben Småland. Und alle Eltern auch. Ich habe schon von Leuten gehört, die ihre Kids dort vormittags hinbringen, danach ein paar Stündchen ins Museum fahren oder Einkäufe in der Stadt besorgen, um auf dem Heimweg ihre zerspielten Nachkommen einzusammeln. Machen wir natürlich nicht. Wir bleiben hübsch im Möbelhaus, während Nick eine Gang gründet und die Angestellten in die Frührente treibt.

Nachdem wir ihn neulich am Småland-Eingang, einem nur für Kinder begehbaren riesigen Blaubeerkorb, abgegeben hatten, besuchten wir zunächst das Restaurant. Dann stromerten wir durch die Küchenabteilung und zogen alibimäßig ein paar Schubladen auf. Da war eine halbe Stunde rum. Wir baten einen Kundenberater, eine zwölf Meter lange Küchenzeile für uns zu konfigurieren, was unter den missbilligenden Blicken wartender Kunden mit Kaufabsicht noch mal etwa zwanzig Minuten dauerte. Dann lagen wir eine Weile Probe und sahen uns bei den Topfpflanzen um. Eine gute Stunde war bis hierhin vergangen. Wir blätterten gerade in den Bilderrahmen, als aus dem Lautsprecher eine weibliche Stimme kam: «Der kleine Nick möchte bitte NICHT aus Småland abgeholt werden.» Er rechnete offenbar mit uns. Wir durchliefen noch sämtliche Regalstraßen und gingen dann mit zwei Tüten Teelichtern zur Kasse, damit wir nicht umsonst hergekommen waren. Anschließend aß ich einen Hotdog, dann brachen wir auf Richtung Småland.

«Wir hätten gerne unseren Sohn zurück», sagte ich und legte meinen Ausweis vor.

«Der will hierbleiben», sagte die müde Frau hinter

dem Tresen. «Aber ich nicht», sagte ich und durchbrach die Schranke, quetschte mich durch den Blaubeerkorb und machte mich auf die Suche nach meinem Sohn. Ich hörte ihn aus dem Plastikballbecken quietschen. Als ich hinkam, schaute nicht mehr heraus als ein bestrumpfter Fuß. Ich rief: «So, mein Freund, jetzt hab ich dich», und zog daran, worauf sowohl der Fuß als auch das daran hängende Bein sich wie eine Anakonda wanden. Ich zog stärker, fiel ins Ballbecken, kämpfte mit Tausenden von Plastikkugeln und meinem tobenden Kind und zog schließlich einen Sohn aus dem Becken, der obenrum überhaupt nicht aussah wie meiner.

«Lassen Sie sofort Casimir-Merlin los, Sie Schwein», hörte ich eine Frauenstimme brüllen. «Hiiilfe, da will jemand meinen Casimir-Merlin entführen!»

Ich ließ Casimir-Merlin ins Becken zurückplumpsen und beteuerte meine Unschuld, aber die Mutter – Köt-bullar in der einen Hand, Vorhangstoff in der anderen – zeterte weiter. Nach einer guten halben Stunde hatten wir die Sache geklärt, denn da tauchte Nick auf, der sich die ganze Zeit in einem überdimensionierten Holz-schuh versteckt hatte. Er bekam dann noch ein Softeis, und wir fuhren nach Hause. Als ich die Jacke auszog, fiel etwas auf den Boden. Ein kleiner roter Plastikball. Der gehört nach Småland. Wir müssen ihn zurückbringen. Morgen.

Ich hätte da eine gute Weinadresse für Sie!

Muss man jede Mail beantworten? Ich finde nicht. Nur weil der technische Fortschritt ein seuchenartiges Mitteilungsbedürfnis der Menschheit via E-Mail erzeugt hat, muss man noch lange nicht auf alles reagieren. Ich erhalte zum Beispiel sehr regelmäßig Post von virtuellen Geschöpfen wie Mister Nicolas Roy aus Nigeria, der mir mitteilt, dass ich eine Million Dollar gewonnen habe, oder Mister J. M. Chan aus Hongkong, der mir ein epochal lukratives Business vorschlägt, wenn auch unter dem Vorbehalt, dass ich ihm zunächst 100 000 Euro überweisen soll, damit er sicher ist, dass er mir vertrauen kann.

Mein E-Mail-Programm unterlegt derlei Briefe warnend in grauer Farbe. Man fährt gut damit, diese Post ungelesen zu löschen. Es ist eine Art Menschenrecht und entspricht dem Verfahren, den Telefonhörer nicht abzuheben, wenn man keine Lust auf ein Gespräch hat. Diese Art des Umgangs mit unverlangt eingesandten Geschäftsideen mag zartfühlenden Zeitgenossen ein wenig roh oder wenigstens unhöflich erscheinen, aber die Belästigung durch doofe Spam-Mails ist das auch, und so gleichen sich die Unhöflichkeiten aus.

Doch dann schrieb mir eines Tages Herr B., und er schrieb sehr freundlich. Er schätze meine Arbeit, würde sich freuen, wenn ich mal in seiner Nähe aufträte, und noch mehr freue er sich darüber, dass ich bei ihm sehr günstig Wein aus Rheinhessen bestellen könne. Im Anhang befand sich eine Preisliste. Ich möge mich doch bitte umgehend melden, schrieb Herr B., schon um mir die eine oder andere Preziose sichern zu können. Ich löschte die Mail. Nichts gegen Herrn B., aber ich brauche keinen Wein aus Rheinhessen, auch nicht günstig. Ich betrachtete seine Post als Werbung, und die Sache war für mich erledigt.

Für Herrn B. war sie es keineswegs. Er entpuppte sich als Weinstalker und schrieb dann pro Woche zwei gefühlige Briefe. Dass ich mich nicht rühre, habe wohl damit zu tun, dass er nicht genug über seinen Wein erzählt habe. Das holte er ausführlich nach, schickte Fotos – auch von sich in Gummistiefeln und mit seinem Hund – und vergaß niemals, darauf hinzuweisen, wie sehr er mich schätze.

Ich antwortete nicht. Hat mir mal jemand empfohlen. Nicht auf Stalker eingehen. Sie geben irgendwann enttäuscht auf und verlegen sich auf andere Opfer. Nicht so Herr B. Er schrieb dann, es sei doch jammerschade, dass ich mich gar nicht melde. Dabei könne er sich so gut vorstellen, dass ich hervorragend zu seinem Weißwein passen würde. Das klang nach Kannibalismus. Ich löschte die Mails nicht mehr, aus Angst und für den Fall, dass man eines Tages Beweismittel benötigen würde. Hat mir auch mal jemand geraten.

Herr B. schrieb und schrieb, zwischendurch auch wieder über Wein. Wunderbarer Wein, hochdekoriert und zu sehr fairen Preisen. Bei einer Mindestabnahme von acht Kisten à zwölf Flaschen ließe sich aber selbst daran drehen, im Namen unserer Bekanntschaft. Es sei ihm eine Ehre.

Ich habe dann doch geantwortet. «Lieber Herr B., haben Sie vielen Dank für Ihre sicher guten Angebote. Ich freue mich darüber, dass Sie meine Arbeit mögen, und weiß Ihr Engagement zu schätzen. Dennoch muss ich Ihnen mitteilen, dass ich absolut kein Interesse an Ihrem Wein habe. Nehmen Sie dies bitte nicht persönlich. Ich wünsche Ihnen weiterhin viel Freude an Ihrem Wein und verbleibe undsoweiter undsoweiter.» Sehr höflich, aber bestimmt. Absolut kein Interesse. Ich habe dann nichts mehr von Herrn B. gehört.

Bis eben. Da kam ich nach Hause und checkte meine Mails. Darunter eine von Herrn B. mit dem Betreff «schade!». Ich öffnete sie widerwillig, aber in der Hoffnung, dass er mir nun final aus Rheinhessen zuwinken würde, um sich dann für immer ins digitale Nirwana zu verabschieden. Herr B. schrieb: «Sehr geehrter Herr Weiler, das ist natürlich sehr bedauerlich, dass Sie unseren Wein so gar nicht probieren mögen. Da habe ich Sie wohl ganz falsch eingeschätzt. Ich freue mich aber umso mehr, dass ich Ihnen nun, wo wir so angenehm in Kontakt getreten sind, unsere Marmeladen vorstellen kann. Alles bio, besonders unsere Kirschkonfitüre könnte ich mir sehr gut bei Ihnen vorstellen. Anbei eine Preisliste, Mengenrabatt ist natürlich unter uns beiden eine ausgemachte Sache. Ich freue mich natürlich, bald wieder von Ihnen zu hören. In herzlicher Verbundenheit, Ihr Waldemar B.»

Skandal-Hochzeit in Campobasso

Marco Marcipane hat geheiratet. Er ist der Cousin meiner Frau Sara und der Sohn von Egidio und Maria, vielleicht habe ich schon mal von denen erzählt. Sie leben in einer italienischen Kleinstadt nordöstlich von Neapel, und manchmal fahren wir hin, damit sämtliche Verwandte meinen Kindern in die Wange kneifen und mich mit «Forst»-Bier befüllen können. Egal. Jedenfalls hat Marco jahrelang in Sünde mit seiner jetzigen Gattin Giulia in einer gemeinsamen Wohnung gelebt und nun auch bei der Hochzeit alles anders gemacht, als man dies in Campobasso gewohnt ist.

Nachdem er das Aufgebot bestellt und das Lokal ausgewählt hatte, trafen er und seine Braut mehrere höchst abweichlerische Entscheidungen: keine zwölf Gänge, kein Akkordeonspieler, kein Zauberer, keine Tarantella. Und vor allem: keine Kirche. Als er dies seiner Mutter Maria mitteilte, brach diese unverzüglich in Tränen aus und behielt diesen Zustand über mehrere Tage bei, jedenfalls sobald sie sich in der Gesellschaft ihres Sohnes befand. Ihr Leben sei verpfuscht und sinnlos, klagte sie und bat den ortsansässigen Pater Alfredo um Hilfe und Beistand und ausführliche seelsorgerische Gespräche, in denen sich herauskristallisierte, dass sie Giulia für eine Abgesandte des Teufels hielt und die ganze Trauung mit oder ohne Kirche für einen Riesenfehler. Pater Alfredo riet ihr, in Bezug auf die Hochzeitsplanung ihren mütterlichen Einfluss geltend zu machen, wo es nur ginge. So könne man das Schlimmste verhindern.

Maria schleppte ihren Sohn also zu einem Hochzeitsausstatter, der Marco einen himmelblauen Anzug mit einem ebenso himmelblauen Zylinder empfahl. Marco gab seiner Mutter einen Kuss und kaufte sich woanders einen sehr schönen dunklen Prada-Anzug, den man auch zu anderen Gelegenheiten tragen kann und den Giulia ausgesucht hatte. Maria war entsetzt.

Strategisch viel zu spät fiel ihr ein, die Gästeliste dahingehend zu kontrollieren, ob auch alle wichtigen Personen aufgeführt waren. Und das war nicht der Fall. Ganze fünfundsiebzig Gäste wollten Marco und Giulia dabeihaben. Fünfundsiebzig. Das waren halb so viele wie sonst üblich. Maria identifizierte darüber hinaus zwölf fragwürdige, weil ihr unbekannte Freunde des Brautpaares. Dafür fehlten entfernte Verwandte aus Bari und Foggia sowie diverse Bekannte aus der Stadt und den umliegenden Gemeinden. Sie rief Marco an.

«Was ist mit Assunta?», bebte sie.

«Wer ist Assunta?», antwortete er.

«Deine Tante Assunta», insistierte sie tremolierend. Er antwortete, dass er noch nie von dieser Tante gehört habe, und Maria gab zu, dass es sich nicht im engeren Sinne um eine Tante handele, sondern um eine frühere Nachbarin, die zwar vor anderthalb Jahrzehnten umgezogen, aber ihr, Maria, noch sehr verbunden sei.

«Aber mir ist sie nicht verbunden. Und Giulia auch nicht. Ich habe die Frau seit fünfzehn Jahren nicht gesehen, und ich werde sie nicht einladen.»

Maria weinte und wies darauf hin, dass Assunta ihr bereits verraten habe, dass sie ein sehr schönes Geschenk gekauft habe, und der Gesichtsverlust für alle Beteiligten sei zu groß, das überlebe sie nicht, und wenn ihr Sohn und seine Frau sie umbringen wollten, dann sollten sie ihr lieber ein Messer ins Herz bohren als ihr die Grausamkeit dieser Scham anzutun. Marco blieb hart. Dann fand die Hochzeit statt, und ich fand sie sehr gelungen.

Nach dem Standesamt ging es in ein schönes Gartenlokal, dort gab es fünf Gänge, und Marcos Freunde sangen ein Lied. Unter den Gästen saß auch eine Dame, die ich noch nie gesehen hatte. Ich fragte Sara, wer das sei, und sie fand heraus, dass es sich um eine gewisse Tante Assunta handelte.

Marco erzählte später, dass er drei Tage vor der Trauung in seinem Kontoauszug eine Gutschrift über zweihundert Euro entdeckt habe, mit der er nichts anfangen konnte, bis er den Verwendungszweck las: «Viele Grüße von Tante Assunta.» Da blieb ihm gar nichts anderes übrig, als sie einzuladen. Maria lächelte den ganzen Tag.

Schaffner, Stäube und Schabefleisch
im Speisewagen

Der größte Nörgler der Welt sitzt mir im Speisewagen gegenüber und unterhält sich mit einem willfährig nickenden Opfer. Dem GröNö gefällt nichts, aber auch gar nichts: «Früher haben sie noch in den Münchner Kammerspielen was aufgezeichnet und im Fernsehen gesendet. Aber das gibt es nicht mehr. Wobei: Das wäre ja inzwischen auch schrecklich.» Der andere nickt.

Dann sieht er kurz aus dem Fenster. «Früher war hier alles Feld und Wald. Da haben wir gespielt und Drachen steigen lassen. Und heute: Kein Wald mehr, kein Feld, keine Drachen. Die Kinder lassen sowieso keine Drachen mehr steigen. Die sitzen ja alle nur vor dem Fernseher.» Sein Opfer nickt wieder. Aber stimmt das eigentlich? Lassen Kinder keine Drachen mehr steigen? Der Schaffner kommt vorbei und kontrolliert die Karten. «Die Schaffner sind alle nur noch bessere Kellner, keine Respektspersonen mehr. Da hat man gar keinen Spaß mehr an der Bahnfahrt. Früher haben wir uns vor denen gefürchtet.» Nicknicknick. Ist es gut, wenn man sich fürchtet? Ich mag es, dass die Schaffner von heute verkleidete Menschen sind und nicht wilhelminische Schreihälse mit Zwirbelschnurrbart.

Woher kommt nur diese Sehnsucht nach dem «Früher»? Womöglich daher, dass einem das «Morgen» inzwischen so eine Angst macht. In meiner Kindheit bestand die Zukunft nur aus Europa, wundervollen Erfindungen und der bevorstehenden Besiedlung fremder Planeten. Inzwischen verheißt die Zukunft wenig mehr als Rentenlöcher, Umweltkatastrophen und globale Fettsucht. Da kann man den Nörgler fast schon wieder verstehen.

Neulich unterhielt ich mich mit einer gebildeten Dame über Angela Merkel. Sie sagte, dass die Bundeskanzlerin ihr Angst mache, weil sie als in der DDR aufgewachsene Physikerin so pragmatisch und unsentimental sei. Wenn etwas vergehe – das Urheberrecht zum Beispiel –, dann böte sich dadurch eine Chance für etwas Neues, das sei die mitleidlos pragmatische Haltung der Bundeskanzlerin. Und diese erzeugt beim Wähler Furcht. Das ist nicht schön, muss uns aber auch nicht lähmen, denn immerhin lässt sich jederzeit ein kleiner Funken des Vergnügens aus diesem Alltag schlagen, wenn man nur will.

Unsere deutsche Sprache ist zum Beispiel sehr komisch. Ich kenne eine Amerikanerin, die sich bei jeder Reise über eine deutsche Autobahn über den für Englischsprachige zauberhaften Begriff «Ausfahrt» beömmelt. Die drollige Vorstellung, dass die Autos beim Verlassen der Autobahn gleichsam aus ihr herausgepupst werden, gefällt mir so gut, dass ich beinahe bereit bin, für diesen Spaß eine kleine Maut zu bezahlen.

Und ich habe ein neues Lieblingsekelwort in unserer an Ekelworten reichen Sprache entdeckt. Die Metzgerin hat es mit einem Bon an meine Papiertüte getackert. Auf dem Zettel stand, dass sich in der Tüte zweihundert Gramm «Schabefleisch» befänden. Igitt. Schabefleisch. Klingt wie «Schabenfleisch» oder

«Ausschabungsfleisch». Gegessen habe ich es aber trotzdem, denn bei mir heißt es «Tatar», und das klingt köstlich.

Doch bei allem Amüsement über solche Delikatessen der Gegenwart müssen wir uns wohl damit abfinden, dass die Zukunft vielleicht nicht hält, was uns früher versprochen wurde. Die baldige Besiedelung des Mars, die mir als Kind noch in Aussicht gestellt wurde, wird zum Beispiel erst einmal nicht stattfinden. Das hat mir eine Wissenschaftlerin erklärt. Sie forscht auf dem Gebiet der Zellbiologie und untersucht die Wirkung von Mars- und Mondstaub auf organische Zellen. Diese sterben bei der Berührung mit kosmischen Stäuben ab, im Moment jedenfalls. Wir werden also kaum demnächst auf fremden Planeten Sandburgen bauen.

Aber die Wissenschaftlerin machte mir auch Mut. Sie erzählte mir nämlich, wie hoch das Gewicht aller Bakterien in und am menschlichen Körper ist. Und das ist wirklich erstaunlich. Ein Erwachsener schleppt ständig vier Kilo Bakterien mit sich herum. Wenn man also wie ich plant, sechs Kilo abzunehmen, dann kann man es bei zweien bewenden lassen, denn vier Kilo des Übergewichtes bestehen ja aus Bakterien, und die wird man sowieso nicht los. Hurra, es gibt Hoffnung. Vielleicht hätte ich das dem Mann im Speisewagen sagen sollen. Aber wahrscheinlich hätte er sich auch darüber beklagt.

Ein Herz für Würmer

Die Tierliebe unseres Sohnes Nick treibt bisweilen exotische Blüten. Er geht zum Beispiel gerne mit seiner adipösen Hamsterdame spazieren. Dafür hat er ihr ein ebenso winziges wie bizarres Ausgehgeschirr gebastelt. Stundenlang führt er Gimli daran durch den Garten, weil er meint, dass so eine Hamsterin ein Recht auf Auslauf hat. Nick zeigt ihr die Himbeeren, setzt Gimli auf seine Schaukel und verbrachte gestern mit ihr einige Zeit beim Rasenmäher, wohl um ihr einen längeren Vortrag über die Gefahren rotierender Schneidwerkzeuge zu halten. Diese haben bei uns gerade ein ziemlich unappetitliches Gemetzel angerichtet.

Ich habe mit dem Rasenmäher eine Blindschleiche überfahren. Ich konnte sie nicht sehen, das Gras war zu hoch. Hälftig noch zuckend, wand sie sich, und das tat mir sehr leid, bis ich sie auf den Komposthaufen warf. Mein pragmatisches Verhältnis zum Ableben des Hartwurms brachte Nick auf die Zinne, und er nannte mich einen Mörder und weinte bittere Tränen. So sehr mich das traf, so zufrieden war ich doch mit seiner Reaktion. Ich habe nämlich mal gelesen, dass viele spätere Serienmörder als Tierquäler im Kindesalter begonnen haben. Und danach sieht es bei Nick überhaupt nicht aus.

Ich kann mich daran erinnern, dass ich als kleiner Junge ebenfalls sehr tierlieb war. Einmal bin ich nach

einem starken Sommerregen mit dem Fahrrad losge-
fahren, um sämtliche Regenwürmer zu retten, die sich
blass, wässrig und lendenlahm über die Straße quälten.
Ich befürchtete, dass die von mir geliebten Ringelwür-
mer von Autos platt gefahren oder aber einen grausa-
men Dörrtod sterben würden, sobald die Sonne wieder
schien. Ich sammelte also alle Regenwürmer auf, die
ich in der Nachbarschaft finden konnte. Es waren viele, sehr viele, die ich vorsichtig in einen kleinen Karton
legte. Dann fuhr ich nach Hause, hob ein recht tiefes
Loch im Garten aus, was meine Kindermuskeln stark in
Anspruch nahm, weil die Erde vom Regen so nass und
schwer war. Ich legte jeden einzelnen Regenwurm in das
Loch und begrub das schlaffe Getier mit dem Aushub.
Ich war sehr stolz auf meine Tat. Später habe ich in der
Schule gelernt, dass die Würmer bei Regen absichtlich
ihre Höhlen verlassen, weil sie in der feuchten Erde er-
sticken würden. Das ließ meine Aktion in einem sehr
viel matteren Licht nur mehr funzeln, aber der Wille
zum Guten war da, genau wie bei Nick.

Der kam gestern mit einer fürchterlichen Geschichte
aus der Schule. Es ist nämlich so, dass bei uns auf dem
Land die Bauern inzwischen die Wiesen mit riesigen
Geräten mähen. Die monströsen Fahrzeuge haben eine
Schnittbreite von fast fünfzehn Metern, und alles, was
sie abschneiden, landet gleich in überdimensionierten
Anhängern. Wo der Bauer früher einen halben Tag für
eine Wiese brauchte, donnert er heute in einer halben
Stunde einfach drüber – und zerhäckselt dabei Rehkit-
ze. Diese werden von ihren Eltern im hohen Wiesengras

gehegt. Früher konnten die Bauern sie sehen, anhalten und verscheuchen, heute sitzen die Herren Agrartechniker so weit oben und so weit weg in ihren Avatar-mäßigen Supermähwerken, dass sie die Wildtiere frühestens wahrnehmen, nachdem sie ihnen die Läufe abgesäbelt haben. Furchtbar ist das, und Nick hat es in der Schule gehört. Ein Kindkollege vom Bauernhof hat ihm das erzählt. Und dass man neulich einen Jäger holen musste, um ein kläglich schreiendes Kitz zu erlösen.

Nick stand vom Mittagessen auf und erklärte, er werde etwas dagegen unternehmen. Ich hörte ihn in der Küche hantieren, und dann stand er mit mehreren Töpfen und Deckeln vor mir. Wir müssten zur Wiese gehen und Krach machen, um die Rehkitze aufzuscheuchen, bevor der Bauer käme, um sie zu überfahren. Ich hatte nicht die Kraft, ihm zu widersprechen – erst recht nicht nach der Sache mit der Blindschleiche –, zog meine Jacke an und ging trotz Regens mit ihm zur Wiese, um Krach zu machen. Wir schlugen fast eine halbe Stunde auf Töpfe und Deckel. Es kam aber kein Reh gesprungen. Und kein Bauer gefahren. Nur ein Regenwurm kam. Und unsere Nachbarin. Beide schauten sehr amüsiert.

Das Belmondo-Phänomen

Das Belmondo-Phänomen heißt gar nicht so, aber ich habe natürlich vergessen, wie man dieses Phänomen tatsächlich nennt. Ich glaube, es leitet sich vom Namen irgendeines Franzosen ab. Voltaire ist es aber nicht. Platini auch nicht. Vielleicht Belmondo. Egal. Es geht um Folgendes: Anschaffungen ziehen meistens Anschaffungen nach sich. Man kauft sich also eine hellblaue Hose, und weil man keine hat, die dazu passen, braucht man auch neue Schuhe und ein neues Hemd und stellt irgendwann fest, dass man ein ganz neues Leben gekauft hat, nur weil man mal eine hellblaue Hose tragen wollte. Das ist mir auch passiert. Ich habe aber keine Hose angeschafft, sondern Müllbeutel.

Ich stand vor dem Supermarktregal und suchte nach den richtigen Müllbeuteln. Die Auswahl war groß, und mein Bekennermut bezüglich meiner Ahnungslosigkeit in puncto Müllbeutelgrößen war klein. Ich schätzte ab, was so in unseren Mülleimer passt, indem ich die Häufigkeit voller Mülleimer in unserem Haushalt maß. Ich, natürlich-ich-wer-denn-sonst-meine-Kinder-sind-sich-ja-viel-zu-fein-dafür-die-kleinen-Herrschaften, bringe pro Woche ungefähr viermal den Müll raus. Besäßen wir einen fünfzig Liter fassenden Mülleimer, wären das ja achthundert Liter Müll pro Monat. Konnte ich mir nicht vorstellen und erwarb daher eine Großpackung Zehn-Liter-Müllbeutel. Wieder zu Hause, erwiesen sich diese umgehend als zu klein. Ich spannte die Beutel also gewaltsam um den Mülleimer. «Die Dinger, die du gekauft hast, sind blöde», meckerte Sara. Sie fand, dass man mit bloßem Auge abschätzen könne, dass die Dinger nichts taugten und dass ein vierköpfiger Haushalt nun einmal viel Müll produziere, und sie brächte alleine viermal pro Woche Müll nach draußen. Ich fand sie kleinlich, doch leider hatte sie recht. Die Beutel rissen ein, nicht nur oben am Rand, auch unten, wo sie im Eimer baumelten und zu schwer wurden. Riesenschweinerei. Als ich nach ein paar Tagen die vierte Tüte um den Mülleimer zwang, brach dieser von der Innenseite der Tür ab, an der er immer gehangen hatte.

Es tauchte auf Geheiß meiner Gattin ein Mann bei uns auf (keine Ahnung, wo sie diese Typen immer sofort auftreibt; kaum gibt es ein Problem, klingelt es bei uns, das ist irgendwie beunruhigend), der einen mehr als tausend Seiten starken Katalog auf den Esstisch knallte, in welchem Mülleimer ein Kapitel von wenigstens hundertdreißig Seiten ausmachten. Ich hätte nie gedacht, dass man sich so lange über Mülleimer unterhalten kann, aber wir brauchten zwei Stunden für die Auswahl eines eckigen Exemplars, welches einem entgegenstrebt, sobald man die Tür öffnet. Es nimmt Unrat in mehreren verschiedenen Schächten auf, die jeweils Müllbeutel unterschiedlicher Größe und Farbe erfordern. Sagenhaft.

Der Mann vermaß das Innere unseres Spülunterschrankes und stellte fest, dass dieser zu klein für den neuen Mülleimer und sowieso uralt sei. Das ist natürlich Quatsch. Ich bin zweiundvierzig und fühle mich nicht alt. Der Spülschrank ist vielleicht neun oder zehn, und er ist in tadellosem Zustand, wenn man davon absieht, dass der Rolls-Royce der Mülleimer nicht hineinpasst. Es gibt ja – kurze Abschweifung – für alles einen Rolls-Royce. Es gibt den Rolls-Royce unter den Röhrenverstärkern, den Rolls-Royce unter den elektrischen Zahnbürsten und den Rolls-Royce unter den Paprikachips. Vermutlich gibt es auch den Rolls-Royce unter den Bundespräsidenten, aber die Bundesversammlung hat sich für den 3er BMW unter den Bundespräsidenten entschieden.

Sara wollte unbedingt den Müll-Rolls, und deshalb kam am nächsten Tag ein anderer Mann, um sich den Spülschrank anzusehen. Er machte uns Vorschläge, die allesamt darauf hinausliefen, dass wir uns eine neue Spüle kaufen mussten. Die aktuellen Modelle sind aber höher als unser bisheriges Küchenmöbel, weil man annimmt, dass die Menschen heute größer sind als vor neun Jahren, was auf Sara und mich zwar nicht zutrifft, aber wir sind nicht maßgeblich für unsere Kaufentscheidungen. Die Tatsache, dass die neue Spüle samt Unterbau zweieinhalb Zentimeter höher ausfiel als der Rest der Küche, verdross uns sehr. Wir haben uns daher für den Kauf einer kompletten neuen Küche entschieden. Sie kommt in ein paar Wochen, und ich freue mich sehr darauf, denn: Diese kleinen Müllbeutel, die ich da neulich gekauft habe, passen mühelos in den viereckigen Rolls-Royce unter den Mülleimern.

Kleine Anmerkung: Lesereisen sind Bildungsreisen. Nachdem ich diese Geschichte in Koblenz vorgelesen hatte, kam ein Mann zu mir und erklärte mir, wie dieses Phänomen tatsächlich heißt: Diderot-Effekt. Es ist nach dem französischen Philosophen Denis Diderot benannt, der sich bereits im achtzehnten Jahrhundert darüber wunderte, dass der Kauf eines Morgenmantels bei ihm mittelfristig zum Erwerb einer neuen Einrichtung führte.

Ein Abend, wie er sein sollte

Familie zu haben ist ein ziemlich teurer Spaß. Man soll sich nicht darüber beklagen, das ist elend und spießig. Und doch muss man diese Tatsache von Zeit zu Zeit berücksichtigen. Es ist dazu das schöne Bonmot überliefert, man habe sich seinerzeit über die Geburt der Kinder sehr gefreut, obwohl man eine neue Kommode für den Flur entschieden dringender gebraucht hätte. Auf jeden Fall lebt auf größerem Fuße, wer seine Bude nicht mit Kindern und deren Spielsachen, Möbeln sowie Schulfreunden teilen muss.

Und weil das so ist, gingen wir in den letzten Jahren nicht mehr sehr häufig aus. Schon für einen simplen Kinobesuch muss ein Familienvater heutzutage schwer bemoost sein, besonders wenn die Kids nicht dabei sind, denn dann kommen sofort zwei starke Kostenfaktoren zum Tragen: Babysitter und Abendvergnügungsauslastungsgebühren. Unter Letzterem versteht man sämtliche Zusatzentgelte, die anfallen, wenn ein ausgehungertes Ehepaar auf eine deutsche Innenstadt losgelassen wird. Es geht bei diesen seltenen Vergnügungen nämlich nicht nur ins Kino, sondern vorher oder nachher etwas essen und vorher oder nachher etwas trinken. Hinzu kommen Parkgebühren, Benzinkosten, Trinkgelder und so weiter und so fort. Ein stinknormaler Kinobesuch kostet auf diese Weise ganz schnell, klingeling, hundertzwanzig Euro.

Wir waren daher sehr froh, als Carla uns eröffnete, wir könnten uns fortan zumindest den Babysitter sparen, denn sie sei nun alt genug, um auf sich und ihren Bruder Nick aufzupassen. Es sei dafür nur eine Aufwandsentschädigung in Höhe von fünf Euro zu zahlen. Sara war begeistert, ich zahlte, wir fuhren in die Stadt. Essen, Kino, Trinken.

Im Kino hatten wir keinen Handyempfang, was normal, aber beunruhigend ist. Als wir den Saal zwei Stunden später verließen, hatte Sara vier neue Sprachnachrichten in der Mailbox.

Nachricht eins, 20:11 Uhr: «Ja, hallo Mama, hier ist Nick. Wo seid ihr? Bitte ruft mich ganz schnell an. Carla ist eine blöde Kuh, und sie hat gesagt, dass sie der Boss ist. Sie ist nicht der Boss. Du bist der Boss. Ich will Milchreis. Wenn Carla keinen macht, mach ich den selber. Sagst du ihr das? Danke.»

Aha. Sara ist bei uns der Boss. Das war die eine Info. Die andere lautete: Unsere Kinder planten die Zubereitung glühend heißer Desserts. Man kann sich damit verbrühen. Man kann den Herd ruinieren. Ich geriet in gelinde Aufregung.

Sara spielte Nachricht Nummer zwei von 21:11 Uhr ab: «Hi, hier ist Carla. Sag mal, Mama, kannst du mich mal zurückrufen? Wir finden den Grillanzünder nicht. Okay? Danke, Tschüssi.»

Waaas? Den Grillanzünder? Was wollten die mit dem Grillanzünder? Milchreis grillen? Vor meinem geistigen Auge lief mein Sohn als menschliche Fackel lachend durch den Garten. Sara ließ Nachricht Nummer drei von 21:55 Uhr laufen: «Äh, hallo, wieso geht ihr denn nicht ran? Also jedenfalls haben wir überlegt, dass wir heute draußen schlafen, und da wollte ich nur sagen, dass wir die Matratzen in den Garten ans Lagerfeuer bringen.» ANS LAGERFEUER?

Ich zog den Autoschlüssel aus der Hosentasche. Eigentlich wollten wir noch in diese Bar, in die wir viel zu selten kommen. Man trifft dort immer Leute, die man mag, und ihre Stimmen sind alle viel tiefer als die Stimmen, die man von zu Hause kennt. Ich hatte mich echt darauf gefreut, aber die Situation erschien mir nun zu gefährlich. Sara spielte die letzte Nachricht ab, sie war eine Viertelstunde alt und lautete: «Hallo, ich noch mal. Schade, dass ihr nicht rangeht. Ich wollte nur sagen, dass da jetzt noch so Typen gekommen sind, die sind zwar was älter, aber total lustig, und wir sitzen alle gemeinsam am Feuer, und die haben jetzt gefragt, ob sie mal bei uns auf die Toilette können. Da wollte ich fragen, ob das okay ist. Ist doch okay, oder? Die sind voll süß. Also bis –.» Da brach die Aufnahme ab.

Drei tausendstel Sekunden später saß ich im Auto. Die Kinder gingen nicht ans Telefon. Neunundzwanzig Minuten später stand ich im Flur und hielt einen Zettel in der Hand: «Hahaha! Reingelegt. Gute Nacht.»

Die Welt am Sonntag um 6:47 Uhr

«Kaufst du einen Ninja-Anzug?»

«Was?»

«Kaufst du einen Ninja-Anzug?» Ich öffne das rechte Auge und sehe einen kleinen Menschen in einem Schlafanzug vor meinem Bett stehen. Er trägt einen Darth-Vader-Helm und ist deshalb etwas schwer zu verstehen. Instinktiv greife ich nach meiner Armbanduhr. Es ist 6:47 Uhr. Es ist Sonntag. Und ich bin verkatert.

«Es ist Viertel vor sieben», sage ich schwach.

«Na und? Kaufst du mir einen Ninja-Anzug?»

«Nein, ich schlafe.» Ich bin nicht bereit, mich zu unterhalten. Ich will noch nicht booten. Ich will nicht, dass in mir ein Gong ertönt und sämtliche Programme hochfahren, ich will noch nicht betriebsbereit sein. Ich befinde mich im Schlafmodus, und deshalb schließe ich das Auge wieder. Vielleicht geht er ja weg oder wechselt die Bettseite. Da liegt Sara.

«Ich möchte einen Ninja-Anzug mit Wurfsternen und so einem Schlagdings und einer Kapuze, damit mich niemand erkennt.»

Gong!

«Was? Wozu denn?»

«Für Karneval.»

«Karneval ist in einem Dreivierteljahr.»

«Aber wir können ihn schon mal kaufen.»

Ich will schlafen, denn ich schlafe noch gar nicht

lange. Gestern waren wir aus, und es war unglaublich. Eigentlich wollten wir wie immer früh zu Hause sein. Ich mag die Vorstellung nicht, dass die Kinder nachts aufwachen, ins Schlafzimmer kommen und wir sind nicht da. Aber dann wurde es so nett, wahnsinnig nett. Und als es immer später wurde, vergaßen wir das einfach mal. Kommt ja nicht mehr oft vor, höchstens drei Mal im Jahr. Wenn überhaupt. Früher war das anders. Da waren wir jung und kannten weder Pflicht noch Erschöpfung. Da haben wir so lange geschlafen, dass es sich kaum lohnte, danach aufzustehen. Wir frühstückten im Bett, sahen fern, kochten was und gingen wieder ins Bett. Das war in den Neunzigern. Inzwischen sehen wir gegen Mitternacht auf die Uhr und verabreden, höchstens noch eine Stunde zu bleiben. Dann fahren wir nach Hause und erinnern uns daran, dass wir früher nicht vor vier Uhr heimgingen. Früher. Wie spät war es denn gestern? Fünf war es. Am Ende habe ich ein wenig die Kontrolle verloren und durcheinandergetrunken. Und geraucht habe ich gestern. Mein Kopf ist das Fanfarenkorps der Bundeswehr beim Betriebsausflug auf der Reeperbahn. Rumsbums, alles scheppert. Ich zahle einen hohen Preis, zumal Darth Vader immer noch an meinem Bett steht.

«Ninjas sind cool.»

Ich habe auch getanzt. Wie der Lump am Stecken, sozusagen. Kommt auch nicht mehr oft vor. Sara und ich haben sogar gemeinsam getanzt. Früher war ich ein großer Tänzer, dann jahrelang Steher oder höchstens Wipper. Gestern muss ich sehr viel getrunken haben, denn ich tanzte zu praktisch allem, was gespielt wurde. Ich glaube auch, dass ich den Gastgeber beleidigt habe, allerdings fällt mir nicht mehr ein, was ich gesagt haben könnte. Aber ich erinnere mich noch, dass Sara sich für mich entschuldigt hat. Wofür bloß? Und habe ich an ein parkendes Auto uriniert? Kann ich momentan nicht ausschließen. Was für eine großartige Nacht. Sie bekäme einen historischen Rankingplatz, wenn ich noch ein klein wenig poofen könnte. So ungefähr zehn Stündchen.

«Kaufst du jetzt den Ninja-Anzug?»

«Es ist Sonntag, alle Geschäfte sind zu.» Boing. Gute Nacht. Und was antwortet er?

«Das Internet hat immer auf.»

Früher war wirklich alles anders. Da hatte man noch Argumente. Jetzt habe ich Kinder. Und Internet.

Die Vuvuzela ist das Horn von Afrika

Mein Schwiegervater Antonio und ich haben nicht sehr viele Gemeinsamkeiten. Gut, wir lieben dieselbe Frau, also Sara, aber nicht einmal dies auf dieselbe Weise. Worauf Antonio und ich jedoch gleichsam abfahren, ist Fußball. Jawohl, ich liebe diesen Sport. Antonio auch, und deshalb konnten wir die Weltmeisterschaft in Südafrika kaum erwarten.

Für ihn begann die WM bereits ein halbes Jahr vor dem ersten Anpfiff, und zwar mit einem Paukenschlag des Frohsinns. Er rief mich im Dezember nach der Auslosung der WM-Spielgruppen an, um durchzugeben, dass die Wä-Emme bereits gelaufen sei. Italien habe praktisch schon gewonnen, die Spiele selbst seien bloß noch Formsache.

Er bezog seine Zuversicht aus der Tatsache, dass Italien soeben in eine Puppigruppe mit Paraguay, der Slowakei und Neuseeland gelost worden war. Besonders die Slowakei löste bei ihm größte Heiterkeit aus, denn was hätten diese Ostblockheinis schon der Tradition des italienischen Fußballs entgegenzusetzen. Auch die Mannschaften aus Paraguay («kennti kein Mensch in internazionale Vergleik») und die der Neuseeländer («von die Arsche dä Welte») weckten bei Antonio keinesfalls Befürchtungen.

Auch ich fieberte ab April dem großen Fußballfest entgegen. Ich freute mich auf alles, was damit zu tun haben würde, sogar auf Ulrich Dattelmann. Seine Tochter geht mit unserem Nick in eine Klasse. Ich habe ja schon verschiedentlich von Dattelmann erzählt. Er hat einmal in der Neujahrsnacht gegen 00:23 Uhr die Polizei angerufen und sich über ruhestörenden Lärm beklagt. Die Beamten teilten ihm mit, dass es ein alter Brauch sei, in jener Nacht vermittels Feuerwerk Freude über den Ablauf des alten und Vorfreude aufs nächste Jahr zum Ausdruck zu bringen, und dies sei ihm sicher bekannt, und er möge bitte aus der Leitung gehen, weil es sein könne, dass sich jemand dabei vor ebenjener Freude in die Luft sprenge, und da müsse man als Polizei sauber auf dem Kiwief sein. Vielleicht hat die Polizei es auch anders ausgedrückt, jedenfalls hat Ulrich Dattelmann dann eine folgenlose Dienstaufsichtsbeschwerde in Gang gesetzt. Was das mit der Fußball-WM zu tun hat? Dattelmann wollte tatsächlich jeden verklagen, der sich ihm auf zwanzig Meter Entfernung mit einer Vuvuzela nähern würde. Am Ende hat er aber niemanden verklagt, sondern ist an jedem Spieltag beleidigt in die Berge gefahren, um seine Ruhe zu haben. Hat aber nicht funktioniert, weil es bei uns im Land fröhliche Menschen gibt, die ihre Vuvuzela sogar auf die Zugspitze schleppen, um ihren Mitmenschen etwas vorzutröten.

Worauf ich mich noch freute: Natürlich auf die Hymne und die lässige Vorbeifahrt der TV-Kamera an den Mannschaften samt hektischer Regieanweisungen aus dem Ü-Wagen: «Soooo und jetzt rauf, ganz rauf zu Mertesacker. Und jetzt runter, runter, noch weiter runter, ganz runter zu Marin. Und halb rauf zu Schweinsteiger. Mist, jetzt haben wir Özil verpasst. Oder kommt der noch? Kann mal einer gucken, ob der noch kommt?»

Mich erinnert das immer an das Abschreiten der Ehrengarde bei Staatsbesuchen. Diese Tradition stammt übrigens aus ganz frühen Zeiten, in denen es noch keine Fotos gab, und es ging dabei nicht darum, dem ausländischen Gast seine Armee zu zeigen, sondern der Armee den Staatsgast, damit sich die Soldaten sein Gesicht einprägen konnten, falls sie ihn vor Angriffen beschützen mussten. Die Vorstellung der Mannschaften bei der WM hat eine ganz ähnliche Funktion und dient im Wesentlichen der Vorabidentifizierung von späteren Rotsündern der gegnerischen Mannschaft.

Genau wie mein Schwiegervater freute ich mich zudem natürlich auch sehr auf die italienische Mannschaft, wenn auch aus anderen Gründen als er. Ich finde, die sehen aus wie Comicfiguren, ich gucke sie mir einfach gerne an. Antonio hingegen sieht sie gerne ihren von jedem Schauwert befreiten Fußball spielen. Keine Ahnung, was ihm daran gefällt. Seit Jahren genießt er Europa- und Weltmeisterschaften im Trikot seiner Mannschaft, wobei er das 94er Modell trägt, welches durch einen sonderbaren Kragen und ein irritierendes Muster im azurblauen Grund besticht. Das Ensemble spannt ein wenig, aber schließlich geht es hier um eine Angelegenheit von nationaler Dimension, da stört übertriebene Eitelkeit nur.

Antonios Gattin Ursula – meine hochverehrte Schwiegermutter – guckt übrigens im deutschen Trikot (Modell 2006), und sie traut sich, Gegenpositionen einzunehmen, weil Antonio sich in einer gewissen Abhängigkeit zu ihr befindet, was die Mahlzeiten und die Haushaltsführung angeht.

Götter seien seine italienischen Jungs allesamt, rief er schon Wochen vor dem ersten Match. Und dass sie fraglos ihren Titel verteidigen würden. In der Verteidigung bestünde ohnehin die eigentliche Kunst dieses Sports. Diese Haltung teilt er mit Otto Rehhagel, der die Griechen bei diesem Turnier letztmals trainierte, eine Mannschaft, die sportlich eine Art «Resteplatte Agamemnon» darstellte, um es mal im Jargon griechischer Kleingastronomen auszudrücken.

Worauf ich mich aber am meisten freute: Günter Netzer. Natürlich. Und ich rechnete ganz fest damit, dass er bei seinem letzten Auftritt als Analyse-Charge der ARD die Bombe platzen lassen und zugeben würde, dass er in Wahrheit nur eine riesige plappernde Handpuppe ist mit einem ganz großen Loch im Po. Genau wie Franz Beckenbauer übrigens. Netzer wurde lange Jahre von einem Mitarbeiter des Senders gesteuert, der den Mund und den Rumpf Netzers bewegte. Netzers Worte kamen von Gerhard Delling, der keineswegs Sportmoderator ist, sondern ein recht talentierter Bauchredner, dem aber langsam die Lust an Netzer verging. Die monströse Analysepuppe ist ihm einfach mit der Zeit entglitten. Zu groß geworden. Auch zu laut. Wie eine Vuvuzela. Letztlich hat Netzer dann aber bei seinem letzten Auftritt nichts verraten von dem Loch und dem Mitarbeiter darin und dem Delling.

Aber zurück zu Antonio Marcipane. Für den war die

Weltmeisterschaft dann schockierend schnell vorbei. Nach der Vorrunde waren seine Götter draußen und das ganze Spektakel beendet. Basta! Dass auch die Franzosen nicht mehr weiterspielten, war ein schwacher Trost, denn die Franzosen, «die ätte wir sowieso appe geputzt», wie er mit trotzigem Stolz erklärte, nachdem ihm dämmerte, dass es wirklich aus war, also zwei Tage nach Beendigung des Matches seiner *Squadra Azzura* gegen die Slowakei. So lange brauchte er, bis ihm klar war, dass niemand das Ergebnis anfechten würde.

Seine Vuvuzela stand noch Tage nach der Niederlage stumm auf der Terrasse. Er hatte bis zum Ausscheiden seines Teams nur ein einziges Mal hineingetutet. Augenblicklich erschien der Nachbar zur Rechten wie durch die Gartenhecke diffundiert auf Antonios Grund und forderte die Herausgabe des Blasgerätes. Antonio versprach, nur noch bei Siegen seiner Elf zu tröten, und damit war Ruhe, worüber sich außer Antonio alle freuten.

Er stellte das Ding griffbereit vor dem ersten Match neben seinen Gartenstuhl, um seine Nachbarschaft im Erfolgsfall ins Nirwana zu tröten. Die erste Partie gegen Paraguay gab dazu jedoch keinen Anlass, Antonio buchte das 1:1 als Betriebsunfall ab. Immerhin sah er «das Feuer in die Augen brennen». Zeugen schworen, wenn überhaupt etwas in den Augen gebrannt habe, dann sei das dem Grilldunst im Marcipane'schen Garten geschuldet gewesen, aber Toni behielt die Zuversicht, die erst mit dem glanzlosen Unentschieden gegen Neuseeland matte Kratzspuren erhielt. Auch hier lag Italien zurück,

145

um auszugleichen und nichts weiter auf die Beine zu stellen.

Das dritte Match gegen die Slowakei verfolgte Antonio mit einer Anspannung im Gesicht, die in Laborversuchen bei keinem Tier der Welt zu erzielen sein dürfte. Wieder Rückstand, sogar mit zwei Toren, aber dann der Anschlusstreffer durch Di Natale in der achtzigsten Minute, gefolgt vom vermeintlichen Todesstoß durch einen Ostheini namens Kopunek in der neunundachtzigsten. Es stand 1:3, aber der großartige Quagliarella schoss in der Nachspielzeit noch ein Tor für die Italiener.

Was danach geschah, das konnte Antonio nicht verstehen. Vor vier Jahren hatte es doch auch geklappt, im Achtelfinale gegen Australien. Da hatte Fabio Grosso im letzten Moment im Strafraum einen Schwächeanfall erlitten, es hatte einen Elfmeter gegeben, und man war ein paar Tage später Weltmeister geworden. Und diesmal? Pfiff der Schiedsrichter einfach ab. Man hatte seinen Italienern praktisch keine Gelegenheit gegeben, sich in der Nachspielzeit der Nachspielzeit noch einmal hinfallen zu lassen. Ein Skandal, das konnte man nicht anders sagen.

Für Antonio war der Fußball als solcher gestorben. Fürs Erste. Er saß nur seiner Frau zuliebe noch weiter vorm Fernseher, wenn Deutschland spielte. Aber er sah nicht hin. Behauptete er jedenfalls. Nach den deutschen Siegen gegen England und Argentinien ließ er sich zu je einem langen schmerzhaften Vuvuzela-Röcheln hinreißen. Immerhin lebt er eben schon ziemlich lange hier.

Auf der Wiesn

Neuer Traumjob meines Sohnes: Autoscooter-Type. Wir waren zusammen auf dem Oktoberfest, und eigentlich hatte er ein anderes großes Projekt: Geisterbahn. In den vergangenen Jahren hatte er sich dafür seelisch noch nicht stark genug gefühlt. Wenn wir über die Wiesn gingen, machte er um die Geisterbahnen einen riesigen Bogen, speziell um jene mit Freddy Krueger, der gemeinen Horrorfigur mit den Messerfingern.

Diesmal wollte er es wissen. Schon auf der Fahrt zur Festwiese dozierte er über den Pipikram, den so eine Geisterbahn in seinen Augen darstelle. Er fühle sich dem locker gewachsen, er sei sieben Jahre alt, und er habe schon einen Teil von «Harry Potter» gesehen. Dann fragte er, was in so einer Geisterbahn eigentlich genau passiere, sein Kumpel Fritz habe nämlich in der Schule behauptet, dort würden den Fahrgästen die Augen ausgestochen. Ich versprach ihm, dass dies auf keinen Fall geschähe, schon wegen des geschäftsschädigenden Effektes solcher Darbietungen. Dann erläuterte ich ihm das Wesen der Geisterbahn als im Kern total armseliges Spektakel, in dessen Verlauf man sich die ganze Zeit frage, warum man drei Euro dafür ausgegeben hat.

Er glaubte mir nicht. Wenn die Geisterbahn tatsächlich so öde sei, wie ich behauptete, warum gingen dann so viele Menschen hinein? Darauf hatte ich auch keine Antwort. Ich nehme an, es ist wie mit Bundestagswahlen oder dem Besuch eines Spiels vom 1. FC Köln: Man hofft immer wieder, dass eine besondere Erkenntnis oder Erfahrung dabei herauskommt. Tatsächlich stellen sich nur Leere und Enttäuschung ein, und dennoch wiederholt man diese Erfahrungen immer wieder. Ich war bestimmt schon fünfzigmal in einer Geisterbahn, und noch nie war es toll. Aber ich werde trotzdem weiter hingehen.

Auf dem Oktoberfest nahm ich Nick an die Hand, und wir absolvierten zunächst das Spiegelkabinett, welches in der Sprache meines Sohnes «Spiegelkabusset» heißt. Er knallte sofort gegen eine Scheibe und bekam ein gewaltiges Horn auf der Stirn, zum Ende hin lief er durch eine Lichtschranke und wurde von Druckluft angepustet, was ihn so mörderisch erschreckte, dass er im Affekt umdrehte, zurückrannte und einem Rocker aus Rosenheim gegen den Bierbauch lief, was ich viel traumatischer fand als die Druckluft. Wir kauften Mandeln, Bratwurst und Zuckerwatte sowie Fanta und ein Eis. Anschließend folgten Mattenrutschen und Kettenkarussell. Dann war mir übel.

Ich erbat eine Pause, die wir auf den Stufen eines Fahrgeschäftes absolvierten.

«Was machen die Leute von der Geisterbahn im Winter?»

«Sie essen Wurstbrote und denken sich neue Geister aus.»

«Was ist das da vorne für eine Pfütze?»

«Das ist Lebensmittelauswurf.»

«Ach so. Was macht der Mann da?»

«Der fährt die Autoscooter zurück, damit sie nicht im Weg rumstehen.»

«Cooool!»

Nick sah der Autoscooter-Type zu. Es handelte sich um einen alt aussehenden jungen Mann mit Pferdeschwanz, der lässig auf dem Gummirand des Scooters stand und mit kurzen, aber präzisen Lenkbewegungen das Elektroauto parkte. Traumwandlerisch sicher fuhr er durch einen Pulk kreischender Teenager. Er brauchte keine Münzen, um die Scooter zu starten, weil er einen Schlüssel dafür besaß. Einen eigenen Scooter-Schlüssel. Nick war betört. Und dann ging er zu der Autoscooter-Type hin und fragte, was man machen müsse, um diesen Traumjob zu ergattern. Der Mann sagte: «Da kommste in fuffzehn Jahren noch mal vorbei, dann reden wir drüber.» Nick rechnete aus, dass er dann zweiundzwanzig Jahre alt sein würde.

Er zählt nun die Tage, bis es so weit ist. Und in die Geisterbahn will er nächstes Jahr. Er stand lange davor, drückte meine Hand und erklärte, er könne das jetzt noch nicht. Er brächte es einfach nicht fertig. Ich drückte ihn zurück, und beinahe kamen mir die Tränen ob seiner tiefen Ernsthaftigkeit. Er war so ernst, wie ein Siebenjähriger nur sein kann.

Tippen mit dem Lottoking

Zu den überraschend zahlreichen Dingen, die ich noch nie im Leben gemacht habe, gehört das Ausfüllen eines Lottoscheines. Das Gewinnspiel als solches ist mir völlig unvertraut. Habe auch noch nie an einem Preisausschreiben teilgenommen oder gepokert. Das kam mir selbst so weltfremd vor, dass ich mich nicht traute, alleine in den Schreibwarenladen unseres Dorfes zu gehen, um inmitten der dort ständig versammelten Profispieler den Lottodealer zu fragen, wie man einen Tippschein ausfüllt. Ich wartete lieber auf den Besuch meines Schwiegervaters Antonio, der seit über vierzig Jahren Lotto spielt und sich in der Szene auskennt. Unter dem Schutz seiner stark behaarten Fittiche betrat ich an einem Samstag das Geschäft, in dem es eine eigene Theke für das Ausfüllen der Gewinnscheine und davon wiederum etliche undurchschaubare Varianten gibt.

Antonio zückte seinen Stift. Er spielt grundsätzlich mit seinem eigenen Kugelschreiber, niemals mit dem aus einer Lotto-Annahmestelle. «Und was soll ich jetzt machen?», fragte ich, weil ich Angst hatte zu versagen. «Was kreuze ich jetzt an?»

«Istein Frag von Intuition unde mutige Entscheidung», dozierte mein Schwiegervater und verteilte in drei Zehntelsekunden sechs Kreuzchen im ersten Quadrat. Normalschein, Laufzeit zwei Wochen ohne Glücksspirale, aber mit Super 6 und Spiel 77.

«Wenn ich etwas Falsches ankreuze, ist das Geld weg», jammerte ich. Antonio sah mich daraufhin ernst an, fasste mich an den Schultern und sprach: «Die Zahle, die du anekreuzt, die sinde immer richtig. Die Zahle, die gezogene werde, sinde die falsche.» Dieser Satz ist ein typisches Beispiel für seine Lebensphilosophie. Wenn er verliert, dann hatten die anderen eben das Pech, nicht seine Zahlen gezogen zu haben.

Ich kreuzte vorsichtig zwei Zahlen an. Die 19 und die 33, worauf er mir meinen Schein wegnahm und in seiner Jackentasche verschwinden ließ. «Die diciannove ist ein dumme Salat-Zahl», sagte er. Wegen der vielen Menschen, die ihre Geburtsdaten tippten, komme man bei der 19 zu nichts, wenn man überhaupt damit gewönne. Ich lernte außerdem: Niemals Schnapszahlen wie die 33 ankreuzen, nie die 13, nie die 7, das sind Unglücks- und Glückszahlen, die werden nur von Anfängern getippt. Die Zahlen in den Vierzigern seien auch nicht gut wegen der Geburtsjahrgänge der vielen spielenden Rentner. Ich spürte einen starken Leistungsdruck, schließlich verringerte jede Dumme-Salat-Zahl meine Aussicht auf leistungslosen Reichtum. Also füllte Antonio mein erstes Spiel aus. Für das zweite Quadrat brauchte ich vier Minuten, im dritten kreuzte ich aufs Geratewohl an, was sich gut anfühlte.

Den Rest des Tages verbrachte ich damit, mir auszumalen, was ich mit meinem Millionengewinn anstellen würde. Das war noch anstrengender als die Ausfüllerei. Das viele Geld machte mich unfrei und verzagt, noch bevor ich es besaß. Wie viel soll man spenden, in Gold investieren, auf den Kopf hauen oder an Verwandte weitergeben? Zehn Prozent? Fünfzig? Ich dachte an Lotto-Lothar, der sich einen Lamborghini gekauft hatte und trotzdem am Alkohol zugrunde ging. Mit der körperlichen und geistigen Energie, die Millionen deutsche Lottospieler jede Woche in derartige Gedanken investieren, könnte man den Strombedarf von Las Vegas decken.

Antonio und ich quälten uns durch den Abend, bis endlich die Lottozahlen von einer Drahtschiene aus der sich drehenden Glaskugel gegabelt wurden und gurgelnd in Reagenzgläser fielen. Ich konstatierte, dass ich in meinen drei Spielen insgesamt drei Richtige getippt hatte. Für drei Richtige in einem einzigen Spiel hätte es immerhin 9,70 Euro gegeben. Toni war genau so leer ausgegangen wie ich, aber seine Enttäuschung hielt sich in Grenzen: «Bini Kummer gewohnt.»

Ich ging mit übler Laune ins Bett, die ich nicht gehabt hätte, wenn ich nicht gespielt hätte. Und die ich erst recht nicht gehabt hätte, wenn ich nicht auf Antonio gehört hätte. Die Gewinnzahlen dieses besagten Samstags – Sie können das gerne googeln – lauteten nämlich wie folgt: 8, 13, 19, 33, 45 und 47, Superzahl 7. Kein Witz. Alles drin: Glücks- und Unglückszahlen, eine Schnapszahl, die 19 und zwei Vierziger. Danke, Toni.

In kaputten Socken gegen das Fernsehen anstinken

Das da unten in meinen Strümpfen sind keine Löcher. Das sind Bonusöffnungen. Habe ich meiner Frau schon oft erklärt, wenn sie mich aufforderte, die Dinger wegzuschmeißen. Ich antwortete dann, das könne ich nicht, schließlich machten diese Materialaussparungen den Strumpf erst wahrhaft wertvoll, sie belüfteten den Fuß und seien im Grunde individuelle fraktale Kunststückchen, die sich der perfekten Langeweile eines lochfreien Industriestrumpfes entgegenstellten wie einst Rudi Dutschke dem Wasserwerfer. Sagte ich also zu Sara, und die zeigte mir einen Vogel.

Gut, die Wahrheit ist in weniger kämpferischen Worten: Socken halten bei mir leider nicht sehr lange. Ich ziehe sie an, sie werden gewaschen, ich ziehe sie noch einmal an, und spätestens beim dritten Mal zeigen sich kleinere freie Stellen, an denen Fuß durchschimmert. Von da bis zum Wegwerfen dauert es dann allerdings noch eine Weile, weil ich nicht einsehe, dass man Socken nur dreimal anziehen kann. Man muss sie sechs- oder sieben- oder achtmal anziehen können. Da müssen sie durch. Und Sara auch. Ich werfe kaputte Socken nicht weg, weil ich es mag, wenn ganz viele in der Schublade liegen. Vielleicht bekommen sie ja Junge. Für einen generellen Verzicht auf Strümpfe ist es gerade auch nicht warm genug, und letztlich mag ich Socken zu gerne, um ohne zu gehen. Also muss ich einen Weg finden, per

Umdefinition die Unzulänglichkeiten meiner Bekleidung zu verklären. So ist das.

Nun werden Sie rufen: Kauf dir halt vernünftige
Strümpfe und nicht so einen Löcherklump. Finde ich
aber gar nicht so einfach. Die Qualitätssocke also, solche
ist nämlich äußerlich von der Schrottsocke nur schwer
zu unterscheiden (nicht einmal durch ihren Preis) und
muss es zudem mit meinen Füßen aufnehmen. Und mit
meinem Gang. Sara ist der Ansicht, dass ich Strümpfe
mit meiner angeblich frodobeutlinesken Art zu gehen
zerstöre. Sie behauptet, meine großen Zehen würden
beim Laufen immer nach oben zeigen, als zielten sie auf
etwas. Wie ich davon Strumpföffnungen in den Fersen
bekommen soll, ist mir zwar ein Rätsel, aber ich verstehe
auch nicht, wieso unsere Freiheit am Hindukusch ver-
teidigt wird und warum Karten für ein Konzert von U2
hundertachtzig Euro kosten müssen.

Erlauben Sie mir an dieser Stelle eine kurze Abschweifung zum Wirken der irischen Rockband U2. Diese wird angeführt vom Sänger Bono Vox, der sich gerne
mit Politikern fotografieren lässt und bei Auftritten das
Publikum ausführlich über Missstände auf unserer Welt
informiert. Einmal, das war wohl in Schottland, teilte
Bono mit, dass alle zwei Sekunden irgendwo auf der
Welt ein Kind stürbe. Das ist schrecklich. Und um diese
Nachricht zu untermalen, schnippte er mit den Fingern
und wiederholte es noch einmal: «Jedes Mal» (schnipp),
«wenn ich mit den Fingern schnippe» (schnipp), «stirbt
ein Kind» (schnipp). Darauf brüllte ein Schotte von weit
hinten durchs Stadion: «Dann hör halt auf zu schnip-

pen.» Ende der Abschweifung und zurück zu meinen Socken.

Ich habe festgestellt, dass ich nicht der Einzige bin, der Qualitätsmängel zu imposanten Produktvorteilen umdichtet. Das Fernsehen ist darin führend. Die Herstellung immer schlimmerer Shows wird den Zuschauern als Programmvielfalt schmackhaft gemacht, die Tatsache, dass ganze Abende eines Senders mit vergleichbar doofen und direkt aufeinanderfolgenden Sendungen bestückt werden, als Kontinuität und die Ablösung eines Chefredakteurs auf politischen Druck hin als demokratische Notwendigkeit.

In Wahrheit soll dies alles darüber hinwegtäuschen, wie wenig uns die Sender mögen. Ich glaube, das Fernsehen kann seine Zuschauer nicht ausstehen. Warum sonst werden wir von miesen dauerrotierenden Trailern gequält und von unterqualifizierten Moderationsattrappen angebrüllt. Nach Werbepausen müssen wir uns die letzten fünf Minuten einer Sendung noch mal ansehen. Abspänne gibt es kaum noch, ständig läuft irgendeine Blödsinnsinformation ins Bild, Senderlogos müssen sich drehen oder piepen. Ununterbrochen sollen wir irgendwo anrufen, um tausend Euro zu gewinnen. Die Privatfernsehsender benehmen sich den Zuschauern gegenüber wie eine zugekokste Drückerkolonne.

Ich habe prinzipiell nichts gegen das Privatfernsehen, aber wenn das Geschäftsmodell wirklich darauf hinausläuft, durch dauernde Penetration des Zuschauers dessen Kaufbereitschaft für popelige Konsumartikel zu erhöhen, dann sollte dies doch wenigstens durch eine qualitativ ansprechende Umarmungsstrategie erfolgen. Im Moment ist das Fernsehen eine billige kaputte Herrensocke, finde ich und strecke dem Fernseher meine löchrig bestrumpften Quanten entgegen. So zeigt man sich diesem Medium auf Augenhöhe. Sara hat dafür andere Lösungen, und die sind klüger. Sie sagt: «Schmeiß die albernen Socken weg – ich lege währenddessen eine DVD ein.» Wenn das alle machen, ist RTL schnell pleite. Hoffentlich.

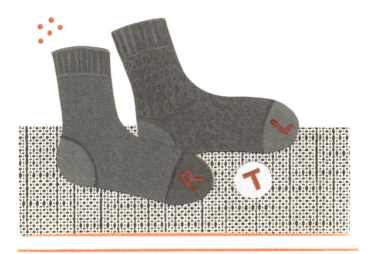

Ein Heim für Gimli

Zu Recherchezwecken lasse ich mich manchmal vormittags in Elektronik-Fachmärkten und anderen Stätten des Warenwahns treiben. Womöglich bin ich süchtig nach Elektrosmog, denn ich mag diese fensterlosen Hallen, den grauen Filzboden, die Auswahl an elektrischen Zahnbürsten. Und ich liebe es, den Verkäufern auf ihrer Flucht vor der Kundschaft zuzuschauen. Andere gehen in ein großes Aquarium, ich gehe in Elektronik-Märkte. Die Verkäufer schwimmen durch die Gänge wie Zwergwelse, immer einen ganzen Schwarm von Kundenfischen hinter sich her ziehend. Manche der Kundenfische halten etwas in der Hand, leere Druckerpatronen zum Beispiel, oder eine DVD, von der sie nicht wissen, ob die darauf enthaltenen Extras Untertitel haben. Oder Staubsaugerbeutel oder Mehrfachstecker mit Schalter.

Wenn ich gute Laune habe, renne ich mit und warte ab, ob es uns als Schwarm gelingt, den Verkäufer so weit zu entkräften, dass er in den Personalraum flüchtet und sich dort versteckt. Wenn das nicht klappt, bin ich irgendwann an der Reihe und lasse mir Espressomaschinen vorführen, obwohl ich genau weiß, dass ich mir eher mit einer Nagelpistole in den Fuß schießen würde, als eine Maschine für Kaffeepulvertabletten zu kaufen.

Wenn ich so durch die Abteilungen wandere und mir Waschmaschinen mit ungeheurer Energieeffizienz oder Kabelschläuche oder Mikrowellen mit 5000 Watt Leistung ansehe, empfinde ich eine tiefe Zuneigung zu allen anderen Kunden, denn ich denke immer, da sind bestimmt welche wie ich darunter. Man ist unter Gleichgesinnten. Elektronik-Märkte sind die Museen der zweiten Moderne.

Fast genau so gerne bin ich nebenan im Baumarkt. Dort muss man sich ebenfalls nicht erklären, da kann man einfach sein und durch die Installationsabteilung streifen. Es gibt dort so hinreißende Begriffe zu lesen. «Steckmuffe». «Steck-Schiebemuffe». «Steckwinkel» und vor allem «Steck-Übergang-Nippel», worunter man sich wer weiß was vorstellen könnte, wenn der Steck-Übergang-Nippel nicht direkt darüber in einem Karton läge. Schöner klingt nur noch: «Doppel-Klapprosette».

Manchmal bringe ich dem Baumarkt etwas mit. Ein Brett zum Beispiel, welches ich in der Sägestation kürzen lasse. Ich bitte darum, 13,6 Zentimeter abzusägen. 13,5 Zentimeter würden es auch tun, aber ich will dem Sägemann eine Gelegenheit zur Prononcierung seiner Kunst verschaffen. Zu Hause werfe ich das Brett weg.

Bevor ich zur Kasse gehe, um dort Weingummi und leuchtende Knickstäbe zu erwerben, mache ich meistens noch einen Abstecher zu den Maschinen. Bohr. Schleif. Säg. Fräs. Hobel. Ich stehe in fassungsloser Unkenntnis, aber begeistert vor den Schwingexzentermultibandschleifern und denke dann jedes Mal über den Erwerb eines Fräsständers nach, und zwar nur des grandiosen Wortes «Fräsständer» wegen. Wer kann von sich schon behaupten, einen Fräsständer sein Eigen zu nennen. Vielleicht kommt Dattelmann vorbei und fragt, ob er sich mal meinen Fräsständer ausleihen kann. Ich befürchte allerdings, dass er einen eigenen hat, womöglich ein riesiges Ding. Also verzichte ich darauf und gehe Richtung Ausgang. Dabei passiere ich noch die Gartenabteilung und die Tiere.

Ja, unser Baumarkt verkauft auch Tiere bis zu einer gewissen Größe sowie allerhand Klump, mit dem man Nagetiere und Fische bei Laune halten kann. Es lohnt sich, dort noch ein wenig herumzulungern. Kleintierkäfige heißen im Fachdeutsch «Nagerheime». Man sagt nicht mehr Hamsterkäfig, genauso wenig wie man noch Nudel sagt oder Sprudel. Sprudel ist Wasser mit Gas, Nudel ist Pasta, und Hamsterkäfig heißt jetzt Nagerheim. Das klingt sehr nach Schwäbisch Hall, finde ich. Die Nagerheime in unserem Super-Baumarkt verfügen über zum Teil kolossale Einbauten, die aussehen, als ob der legendäre James-Bond-Architekt Ken Adam sie entworfen hätte. Sagenhaft, wirklich. Genau das Richtige für Gimli. Das ist die kasachische Zwerghamsterin meines Sohnes.

Für Gimli wird es eng, findet Nick. Ich würde sagen, für sie wird es überall eng, denn sie ist stark übergewichtig. War sie immer schon und bleibt sie auch, obwohl unser Sohn seine Anvertraute mit einem überaus straffen Sportprogramm fit hält. Er ist der Magath der Hamsterbesitzer. Nicht nur dass Gimli nächtlich im Laufrad mehrere hundert Runden dreht, sie turnt auch tagsüber am Gitter ihres Käfigs herum und macht Purzelbäume, indem sie vom Dach ihres Häuschens fällt. Nick leitet

sie dazu an und lässt sie auch über Bleistifte und durch
Ringe hüpfen. Einmal konnte ich gerade noch verhindern, dass er den Ring vorher anzündete. Die Rekruten-
ausbildung der amerikanischen Marines ist nichts gegen
den Drill meines Sohnes. Trotzdem will Gimli irgendwie
nicht abnehmen. Dies veranlasste Nick jüngst zu dem
Befund, dass nicht sie zu dick für ihren Hamsterkäfig
sei, sondern der Käfig zu klein für Gimli. Sie brauche
mehr Auslauf, meinte er.

Ich erzählte ihm von der wunderbaren Nagetierab-
teilung des Baumarktes, und er wollte sofort hin. Er
setzte Gimli in eine Transportbox, damit sie probewoh-
nen konnte. Wie bei Ikea, irgendwie. Wir fuhren dann
zu WON (World of Nagerheim) und steuerten direkt
auf die Tierabteilung zu. Das erste, bereits von weitem
sichtbare Nagerheim gefiel Nick sehr und war so groß,
dass er bequem selber darin hätte einziehen können.
Er wollte es unbedingt haben. Das Modell hieß «Nagerheim Hoppel».

«Nick, wir werden Gimli in diesem Ding niemals wie-
derfinden. Wir werden nicht einmal merken, wenn sie
in den Hamsterhimmel geht», mahnte ich.

«Geht sie ja nicht», gab er bestimmt zurück, und darüber wollte ich nicht diskutieren, das hätte zu weit geführt. Das Argument, dass «Hoppel» mehr auf Kanin-
chen und Hasen gemünzt sei, überzeugte ihn immerhin.
Er lenkte seine Aufmerksamkeit auf das «Nagerheim Tos-
cana», ein aprikosenfarbenes Machwerk mit kleinen Säu-
len und mehreren Terrassen. Ich sagte nein, denn Gimli
soll nicht wohnen wie Bauherren in Brandenburg.

Nick schwenkte auf das «Nagerheim Bonanza» um, danach auf «Celeste», aber ich konnte ihn davon überzeugen, dass er vom ständigen Ansehen dieses scheußlichen rosa Plastikhäuschens mit der Zeit eine posttraumatische Belastungsstörung bekommen würde. Von Gimli ganz zu schweigen. Hamsterkäfige sollten freundlich aussehen, aber nicht viel farbenfroher als das restliche Leben eines Achtjährigen. Nachdem wir einen Verkäufer verschlissen hatten, der sich absetzte und nicht zurückkehrte, entschieden wir uns für das recht funktionale und farblich unauffällige Modell «Alexander», in welchem man mehrere Ebenen einziehen kann, sodass Gimli abwechslungsreich wohnt, aber davon nicht überfordert wird.

Bei der Einrichtung erlahmte Nicks Interesse, er wanderte in die Fisch-Abteilung ab, wo er ein Spongebob-Aquarium entdeckte, das ihm beinahe den Atem raubte. Ob Gimli nicht darin wohnen könnte, fragte er bebenden Herzens. Ich zeigte ihm einen Vogel, denn Hamster können meines Wissens nicht tauchen. Nein, auch nicht, wenn man ihnen einen langen Strohhalm zum Atmen gibt. Nein und abermals nein.

«Dann eben ohne Wasser», bettelte Nick, aber ich finde, Hamster gehören in Nagerheime und nicht in Fischheime. Wir einigten uns nach einer quälenden Diskussion darauf, Gimli zur Probe zwischen den Spongebob-Kram zu setzen. Vielleicht würde sie in spontane Begeisterung ausbrechen. Dies unterblieb zwar, aber Gimli machte auch keine Ausbruchsversuche.

Also erwarben wir das Nagerheim «Alexander» mit

der Spongebob-Möblierung des Aquariums. In Gimlis neuem Wohnkomplex hängt also ein Wasserfilter, neben dem Hamsterrad steht eine kleine Palme. Darunter sitzen der Seestern Patrick und sein Freund Spongebob. Gimli besitzt eine Ananas zum Durchschwimmen, eine Schatztruhe für ihr Futter und kann sich in die Nachbildung eines Motorbootes setzen. Sie schläft in einem großen vermoosten Totenkopf aus Plastik, den sie mit Heu und Streu vollgestopft hat. Bisher wissen wir nicht, ob sie sich wohl fühlt, denn wir haben sie seit Tagen nicht mehr gesehen. Ich glaube, sie traut sich nicht raus. Oder sie ist in den Hamsterhimmel gegangen.

Coole Kids kriegen Kahns Kiefer

Wer fährt so spät noch durch Nacht und Wind? Ich bin's, mit der Spange von meinem Kind. Regelmäßig bin ich seit einiger Zeit abends mit dem Auto unterwegs, um meiner Tochter ihre Zahnspange zu bringen, wenn sie woanders übernachtet. Ich bin ein Spangenbote, ein Knecht des Kieferorthopäden, ein Dentalbüttel. Carla vergisst gerne, ihre Spange vor dem Ins-Bett-Gehen einzusetzen, und ganz besonders gerne vergisst sie sie, wenn sie nicht zu Hause übernachtet. Wie eben am Freitag. Carla hatte beschlossen, bei ihrem Freund Moritz zu schlafen. Die beiden sind zwölf. Es gibt da nichts, was man unbedingt kontrollieren müsste, abgesehen von der Zahnspange.

Carla soll sie nachts tragen, ungefähr seit einem Vierteljahr und auf Anordnung eines autoritären Kieferorthopäden, der uns darauf hinwies, dass nur auf diese Weise hässliche Folgeschäden vermieden werden könnten. Diese sind übrigens vor allem sozialer Natur. Mit schiefen Zähnen kann heute niemand mehr die Welt erobern. Ich bedauerte mein Kind, schließlich gibt es Schöneres, als womöglich jahrelang mit einem halben Pfund Draht im Maul herumzulaufen, aber unser Pubertier brach keineswegs in Heulkrämpfe aus, sondern machte die Beckerfaust und rief: «Ja!»

Ich verstand dann, dass ihr diese Spange als Symbol für das Fortkommen innerhalb der Adoleszenz höchst willkommen war. Ähnlich wie der erste Pickel, den sie im Mai freudig begrüßt hatte. Wer einen gewissen Zahnschiefstand oder Hautunreinheiten aufweist, der hat es im Leben bereits zu etwas gebracht, so in etwa war ihr Jubel zu verstehen. Ich fand das rührend und erinnerte mich an meine erste Nassrasur mit vierzehn Jahren. Zwar hatte ich damals noch keinen Bartwuchs, hoffte aber, dass dieser einsetzte, sobald ich mich rasierte.

Als die Spange dann in unser Haus kam, musste Carla sie vorführen. Sie setzte sie mühsam ein, und das Ding polsterte subkutan ihren Mundbereich auf. Um den Kiefer herum sah sie ein bisschen aus wie Oliver Kahn. Ich musste lachen. Sie sagte: «Hörauffoblöfukichn.» Ich musste noch mehr lachen, tut mir leid. Darauf entfernte sie das gute Stück und rief sabbernd, dass es kein Vergnügen sei, eine Prothese tragen zu müssen, und dass sie Unterstützung von ihrem eigenen Vater erwarten könne. Und damit hatte sie recht, auch wenn eine Zahnspange keine Prothese ist.

Carlas Zahnspange hat inzwischen unser Leben verändert, dauernd geht es um diesen teuren Dentalverhau. Ich habe meine Tochter im Verdacht, dass sie das Teil absichtlich verbiegt, damit es wehtut und sie es nicht tragen muss. Sie bestreitet dies, aber die anfängliche Begeisterung ist schnell einer nüchternen Pragmatik gewichen. Es gibt überhaupt nur noch einen Bewohner unseres Hauses, der wirklich auf die Spange steht: unseren Hund. Hunde lieben Zahnspangen, wobei sie diese nicht einsetzen, um ihr Gebiss zu regulieren, sondern sie umstandslos zerbeißen, worauf eine neue Zahnspange angefertigt werden muss. Wahrscheinlich ist der Hund das Wappentier des kieferorthopädischen Berufsverbandes.

Dessen Mitglieder haben viel zu tun. Vor einiger Zeit fand eine größere Übernachtungsparty bei uns zu Hause statt. Gegen 22:30 Uhr legten gleich fünf von sieben anwesenden Mädchen synchron ihr Geschirr an, um danach noch zwei Stunden in einer feuchten Geheimsprache miteinander zu konferieren. Immerhin hatten alle ihre Spange dabei, was sonst nie der Fall ist. Normalerweise klingelt es gegen 23:30 Uhr, und dann wird eine absichtlich vergessene Regulierungsapparatur in einer «Twilight»-Dose angeliefert.

Letzten Freitag war ich jedenfalls mal wieder unterwegs. Ich parkte, nahm die Dose vom Beifahrersitz und klingelte. Moritz' Vater öffnete die Tür, ich streckte ihm den Frachtbehälter entgegen. Er nahm ihn, nickte wissend, ich nickte zurück, dann drehte ich mich um und ging wieder. Väter von gleichaltrigen Pubertieren verstehen sich vollkommen ohne Worte. Bevor sich die Tür schloss, hörte ich, wie meine Tochter im Hintergrund rief: «Boah, mein Vater ist so krass uncool.» Uncool, ja, aber mit geraden Zähnen.

Es ist eine fremde verpixelte Welt

Gehe heute Morgen brav mit dem Hund spazieren und stelle nach wenigen Metern fest, dass sämtliche Häuser in unserer Nachbarschaft über Nacht verpixelt wurden. Alle: weg! Nur noch ein milchiger Schein ist zu sehen, dahinter lassen sich Fassaden und nackte Nachbarinnen nur mehr erahnen. Sie leben jetzt hinter satiniertem Glas, und zwar alle. Jemand muss bei Google Street View den Antrag gestellt haben, unser komplettes Dorf zu verpixeln, aber wer? Vielleicht Gott in seiner milden Güte, weil er nicht wollte, dass Neid und Missgunst bei morgendlichen Spaziergängern aufkommen, wo nackte Hausfrauenleiber lasziv in einsehbaren Küchenzeilen sich räkeln.

Oder man hat sich zusammengetan, im Rathaus beraten und dann in einer konzertierten Protestaktion Anträge gestellt. Mir hat niemand etwas davon gesagt. Und da kommt eine finstere Ahnung auf. Ich drehe mich um, sehe zu unserem Häuslein herüber und Tatsache: weg! Völlig verpixelt. Meine Frau fragt mich, was eigentlich mit mir los sei, ich sage: «Alles verpixelt, alles.» Darauf sie: «Das ist doch bloß Nebel.»

Nebel, so doziert sie, komme am Ende des Jahres schon einmal vor, besonders morgens, und das sei ja wohl hinnehmbar. Hinnehmbar. Das ist so ein richtiges Stuttgart-21-Wort. Hinnehmbar beschreibt die in der bürgerlichen Gesellschaft schmaler werdende Grenze zwischen scheißegal und unerhört. Aktuelles Sportstudio um 23 Uhr? Hinnehmbar. Benehmen von Finanzminister Schäuble gegenüber seinem Pressesprecher? Absolut nicht hinnehmbar! Es ist schon erstaunlich, dass viele Angehörige des modernen bürgerlichen Protestlagers mit Abscheu darauf reagieren, wie Schäuble diesen armen Herrn Offer demütigte. Aber auf die von Schäuble ehedem vorangetriebene Vorratsdatenspeicherung reagieren dieselben Menschen mit Achselzucken. Das Einsammeln privater Daten durch den Staat halten gerade in diesen unruhigen Zeiten immer mehr Leute für was? Ja: hinnehmbar.

Überhaupt nicht hinnehmbar hingegen finden viele die Abbildung ihres Heimes im Internet, wobei ich glaube, dass manche Verpixelungsantragsteller nur deshalb Anträge auf Verpixelung stellen, weil sie sehen wollen, wie ein globaler Konzern vor ihnen in die Knie geht. Bedauerlicherweise sehen die Hamburger Stadtteile Harvestehude und Eppendorf nach der Verpixelung halber Straßenzüge aus wie die Umkleidekabinen von C&A.

Und nun ist auch noch Rügen kaputt. Das waren bestimmt diese miesen kulturimperialistischen Typen von Google Street View. Es stand zwar in der Zeitung, der Abbruch eines 10 000 Kubikmeter großen Stückes Kreide von der Steilküste der Ostseeinsel habe natürliche Ursachen gehabt, aber das soll glauben, wer will. Ich glaube eher, da hat jemand einen Antrag auf Verpixelung des Kollicker Ufers gestellt. Und beim Unkenntlichmachen des inkriminierten Steilstücks ist etwas davon abgebrochen und achtzig Meter in die Tiefe gesaust.

Aber nicht nur Google pixelt. Es stand zu lesen, dass Boxsportler ein höheres Risiko haben, an Demenz zu erkranken. So gesehen kann man durchaus zu Recht behaupten, Vitali Klitschko habe zuletzt dem US-Boxer Shannon Briggs ordentlich Gesicht und Gemüt verpixelt, ihn also zumindest vorübergehend milchig und trüb gehauen.

Ich glaube, «verpixelt» hat das Zeug, zum Wort oder wenigstens Unwort des Jahres zu werden. Auch bei uns zu Hause setzt sich der Begriff als Synonym für «ausradiert» oder «verschwunden» allmählich durch, führt allerdings bisweilen noch zu Missverständnissen, die dem pubertär schwachen Hörsinn unserer Tochter geschuldet sind. Ich sagte gestern Abend gegen 22 Uhr zu ihr, sie möge ins Bett gehen, sich also langsam aber sicher mal verpixeln, und sie verstand, ich hätte mir gewünscht, sie möge langsam aber sicher mal verpickeln.

Da war sie sauer. Und meine Frau wenig später auch. Sie fragte mich, wo eigentlich die belgischen Pralinen hin verschwunden seien, sie würde sie nicht mehr finden. Ich entgegnete, dass es sein könne, dass ich sie habe verschwinden lassen, dass ich die Pralinen quasi unsichtbar gemacht oder vielmehr verpixelt habe.

Und heute Morgen war dann auch noch unser Haus weg. Sie ist schon gespenstisch und fremd, die Gegenwart.

Unser Sohn ist aufgeklärt

Pünktlich zu Beginn der Adventszeit überraschte uns unser Sohn Nick mit profunden Kenntnissen zum Thema Sexualität. Wir saßen im Auto und fuhren auf Nicks dringende Bitte zu einem Weihnachtsmarkt. Das muss ich nicht unbedingt haben. Diese Dinger sehen überall in Deutschland gleich aus, und es gibt überall dasselbe, außer in Hagen. Dort habe ich mal einen Hot Dog bestellt, und dieser wird am Tor des Sauerlands vor der Überreichung traditionell frittiert. Das habe ich wirklich sonst nirgends erlebt. Aber ansonsten gleichen sich Weihnachtsmärkte sehr zuverlässig, egal, ob man in Erlangen oder in Erfurt oder in Erkelenz oder in Erding darüber geht. Das ist sehr beruhigend. Was wäre wohl los, wenn man wüsste, dass der Weihnachtsmarkt in Erkrath viel schöner wäre als anderswo. Das wäre einem ja auch nicht recht, es sei denn, man lebt in Erkrath.

Was wollte ich noch einmal erzählen? Ach ja, Nick und dieses Sex-Thema. Die Sache begann so, dass Tochter Carla, zwölf, auf dem Rücksitz Halbstarkes von sich gab, was sie sich vermutlich in der Schulpause irgendwo abgelauscht hatte. Sie behauptete, ihr Kaugummi kaue sich wie 'n Präser. Darauf Nick voller Begeisterung: «Was ist denn ein Präser? Kann ich auch 'n Präser haben?»

«Du weißt doch nicht mal, was 'n Präser ist. Und wenn du's wüsstest, würdest du nicht drauf rumkauen wollen», entgegnete Carla altklug.

«Vielleicht ist der Nikolaus ja auch da», rief ich vorlaut und fing mir damit das genervte Seufzen meiner Tochter ein. Ich mag es, wenn wir auf der Fahrt zum Weihnachtsmarkt über naheliegende Themen reden wie Alkoholismus oder Diabetes. Oder Nikolaus.

Es herrschte kurz Ruhe, und dann fragte Nick: «Was ist denn jetzt ein Präser?»

«Ein Kondom», sagte Carla, um das Thema abzuschließen.

«Ach soooo», antwortete Nick. «Ein Kondom. Hättest du ja gleich sagen können, dann wissen alle, was gemeint ist.»

Ich war ziemlich erstaunt darüber, dass Nick zu wissen behauptete, was gemeint war, und fragte ihn, wie er zu seinen Kondom-Kenntnissen gelangt sei. Er antwortete, sie hätten darüber im Unterricht gesprochen. In der zweiten Klasse finde ich das recht früh. Aber ich finde auch, das Bundespräsidentenamt kam für Christian Wulff recht früh. Egal.

«Und was ist ein Kondom genau?», fragte ich, obwohl Sara mir aufs Bein haute. Nick setzte sich in seinem Kindersitz aufrecht und spulte ab, was er gelernt hatte. «Ein Kondom ist so ein Gummiding, und der Mann macht es über seinen Schniepi, und dann kann der Kern nicht rein.»

«Nicht der Kern. Der Samen, du Blödmann», sagte Carla genervt.

«Was denn für ein Samen?»

Auf dem Weihnachtsmarkt trafen wir Ulrich Dattelmann. Ich habe verschiedentlich von ihm erzählt. Seine

Tochter geht in Nicks Klasse. Dattelmann ist Elternsprecher, und er organisiert Wandertage, auf denen er sich mit der Gitarre begleitet. Er ist der Chef aller Eltern, und meistens ist er empört. Nun stand er vor dem Glühweinstand und dozierte über das Unwesen der Kommerzialisierung des Weihnachtsfestes. «Es ist empörend, wie die Geburt von Jesus Christus auf diesen Märkten prostituiert wird», rief er.

«Was ist prostiert?», fragte Nick.

Sara erklärte ihm, was prostituiert bedeutet und dass es auch Prostituierte gibt.

«Aber davon verstehst du noch nichts», sagte Carla als verstünde sie etwas davon.

«Ich weiß, was eine Prostierte ist», rief Nick, und Dattelmann sah mich an, als sei ich ein Auto von Google Street View.

«Weißt du nicht», sagte Carla.

«Weiß ich wohl! Die knutscht rum. Und vorher schnallt sie sich hier was ab und da was ab.»

Sara hat dann vor Lachen ihren kompletten Glühwein über Dattelmanns Jacke geschüttet. Die muss jetzt in die Reinigung. Aber das war's wert. Und Nick hatte es nicht übel erklärt. Im Kern richtig, sozusagen.

Intuitive Seifenlösungen für integrierte Anwender

Männer sind in mancherlei Hinsicht sehr konservativ, zum Beispiel bei allen Belangen der Körperpflege. Wenn sie einmal Produkte gefunden haben, die sie mögen, wechseln sie ungern. Wozu experimentieren? Vielleicht ist das gar nicht konservativ, sondern praktisch. Jedenfalls benutze ich seit vielen hundert Jahren das gleiche Duschgel, und das ist mir sehr recht so.

Doch nun steht eine neue Flasche in der Dusche. Ich habe sie nicht hineingestellt, und ich widmete mich ihrem Inhalt mit Widerwillen. Der Inhalt riecht etwas penetrant nach Kokos, und auf der Pulle steht allen Ernstes: «Mit wertvollem Pflege-Öl und inspirierendem Duft». Ich stand vorhin mehrere Minuten in der Dusche und schnüffelte an der Flasche, aber sie inspirierte mich keineswegs im erhofften Ausmaß. Tatsächlich hatte ich nach dem Duschen lediglich Lust auf Kokosmakronen.

Ich trank ein Tröpflein, aber das Zeug roch zwar nach Kokos, schmeckte aber nach Cremeseife. In diesem Zusammenhang wollte ich mal fragen, warum es fast nur noch flüssige Seife gibt. Eckige Seifenstücke, wie man sie aus älteren Gefängnisfilmen kennt, in denen sich der Held unter der Dusche niemals nach der Seife bücken darf, sind aus den Haushalten und Gefängnissen verschwunden. Und in Gefängnisfilmen gibt es praktisch keine Duschszenen mehr, denn nach flüssiger Seife muss sich niemand bücken und die damit verbundene Gefahr ist denn auch gebannt.

Ich mag harte Seife mit einem elegant eingeprägten Logo gern. Man kann sie im Gebrauch allmählich runden und sieht daran, wie die Zeit vergeht. Wie bei mir. Ich runde mich ebenfalls allmählich, und auch daran sieht man, wie die Zeit vergeht. Neulich traf ich einen Freund, der mich zur Begrüßung «Mopsi» nannte. Er selbst hat keine Figurprobleme, aber scheußliche Krampfadern. Könnte man diskutieren. Was ist abtörnender? Kurzfristig bisschen Übergewicht oder ganzjährig Adern wie Regenwürmer am Bein?

Apropos abtörnend. Richtig eklig wird es, wenn Firmen ihre Kunden ansprechen, als seien diese Ingenieure auf der Kommandobrücke vom Raumschiff Enterprise. Beispiel gefällig? Hier kommt unflottes Geschwafel aus einer Werbeanzeige von Acer und Microsoft: «Der kompakte Media-Center-PC Acer REVO RL 100 kann durch die innovative Software-Lösung Clear.fi spielend leicht auf alle Multimedia-Inhalte kompatibler Geräte im Heimnetzwerk in Full HD Qualität zugreifen.» Geht's noch uncharmanter? Ja, natürlich, denn der Text ist ja noch nicht zu Ende. Weiter im Text: «Darüber hinaus besitzt der neue Acer REVO RL 100 eine intuitiv zu bedienende Touch-Fernbedienung, einen integrierten Hybrid-TV-Tuner sowie ein optionales Bluray-Laufwerk.»

Soso, die Fernbedienung ist also intuitiv zu bedienen. Man tastet sich sozusagen an Ergebnisse heran. Hey, Leute, aus dem Alter des vorsichtigen Herantastens bin ich echt raus. Und das Bluray-Laufwerk, das dieser Computer besitzt, ist optional. Was für eine entsetzliche Sprache. Und falsch ist der Satz auch noch. Entweder der Computer verfügt über ein Laufwerk oder nicht, aber optional kann man nichts besitzen.

Man muss sich bloß mal vorstellen, die Menschen würden zu Hause so reden wie die Leute von dieser Computerbude. Beim Frühstück zum Beispiel.

Sie: «Ich könnte dir optional Marmelade mit integrierten Früchten reichen.»

Er: «Sehr gerne. Besitzt diese optional Erdbeeren?»

Sie: «Nein, aber sie beinhaltet innovative Kirsch-Lösungen, und sie ist butterkompatibel.»

Er: «Na, dann werde ich doch mal intuitiv darauf zugreifen.»

Sie: «Sag mal, hast du mit der inspirierenden Kakaobutter & Cocosöl-Duschcreme geduscht?»

Er: «Oh ja, inspiriert dich das?»

Sie: «Und wie. Ich würde dich gerne nach dem Frühstück intuitiv bedienen.»

Er: «Du meinst ein Bett-Sharing? Am frühen Morgen?»

Sie: «Ich wäre auf jeden Fall dafür konfiguriert.»

Er: «Dann könnte ich ja mal an dir runterscrollen.»

Sie: «Okay, ich muss nur noch schnell booten.»

Er: «Oh, bei mir poppt gerade ein Hyperlink auf.»

Ist das wirklich die Welt, in der wir leben wollen? Und dann auch noch ohne Seifenstücke? Na, ich weiß nicht.

Brötchen-Philosophie

«Wie zahlreich sind doch die Dinge, derer ich nicht bedarf.» Hat Sokrates gesagt, und es klingt sehr gut, aber der griechische Philosoph hatte es auch leicht mit dieser Feststellung, schon wegen des begrenzten Angebots im Athener Einzelhandel vor 2600 Jahren. Damals gab es ja praktisch nur Tongefäße, Scherben und viereckige Steine. Sokrates verfügte auch nur über sehr langsames Internet (wenn überhaupt und ohne Flatrate) und kannte keine belgischen Pralinen. Sonst hätte er nämlich etwas ganz anderes gesagt, und zwar: «Wie zahlreich sind doch die Dinge, derer ich nicht bedarf, von denen ich aber nicht genug bekommen kann.»

Dem muss ich zustimmen. Es ist mir bewusst, dass ich zum Beispiel keiner belgischen Praline bedarf. Aber ich liebe Pralinen. Und viele weitere unnütze oder überflüssige Dinge wie gestärkte Hemden, Angry Birds und Fleur de Sel. Und ich gebe zu: Es fällt mir inzwischen schwer zu entscheiden, was ich tatsächlich dringend benötige und was nicht. Nur selten weiß ich sofort: Das brauche ich nicht.

In diese Kategorie fällt ganz eindeutig Salat im Käsebrötchen. Dennoch hat sich in der bahnhöfischen Brötchenbranche die Kulturtechnik durchgesetzt, die Ware mit schlaffem Grünzeug zu garnieren. Dazu muss man dreimal «bäh» sagen. Vor kurzem zog ich wie immer das Salatblatt heraus, um es angewidert wegzuschmeißen.

Ich saß dabei in einem Zug, mir gegenüber eine ältere Dame und ein Handelsvertreter, die mich in etwa so wachsam beobachteten wie der amerikanische Geheimdienst einen schnurrbärtigen Südeuropäer beim Unkrautschuffeln. Stopp!

Dazu fällt mir folgender Witz ein: Ein alter Araber lebt seit 40 Jahren in Brooklyn. Er möchte in seinem Garten Kartoffeln pflanzen, aber er ist dafür zu alt und zu schwach. Deshalb schreibt er eine E-Mail an seinen Sohn, der in Europa studiert. «Lieber Ibrahim, ich bin sehr traurig, weil ich in meinem Garten gar keine Kartoffeln pflanzen kann. Wenn du hier wärst, könntest du mir helfen und den Garten umgraben. Dein Vater.» Sein Sohn antwortet: «Lieber Vater, bitte rühre auf keinen Fall irgendetwas im Garten an. Dort habe ich nämlich ‹die Sache› versteckt. Dein Sohn Ibrahim.» Keine zwei Stunden später umstellen die US Army, die Marines, das FBI und die CIA das Haus des alten Mannes. Sie nehmen den Garten völlig auseinander, suchen jeden Millimeter ab, finden aber nichts. Enttäuscht ziehen sie wieder ab. Abends bekommt der alte Araber eine E-Mail von seinem Sohn: «Lieber Vater, ich nehme an, dass der Garten jetzt komplett umgegraben ist. Viel Spaß beim Kartoffelnpflanzen, Dein Ibrahim.

So. Ich saß jedenfalls im Zug und holte unter den strengen Blicken der Mitreisenden mein Käsebrötchen aus der Tüte. Ich zog in Zeitlupe an dem blöden Salat. Das Blatt wurde immer dicker und größer und unhandlicher, je länger ich daran zog, und schließlich rutschten mit dem Salat ein halbes Ei, ein Tomatenviertel sowie der Käse aus dem Brötchen. Ei und Tomate plumpsten auf den Boden des Abteils, der Käse auf meine Hose. Ich hielt das Salatblatt in der einen und das leere Brötchen in der anderen Hand und starrte die Dame und den Vertreter an. Der sagte: «Sie haben eine interessante Art, Salat zu essen.» Und was tat ich? Aß den Salat, weil ich nicht erklären wollte und konnte, was da gerade genau passiert war.

Dann nahm ich die Zeitung und las eine kleine Meldung über eine Frau aus Amerika, die das Sorgerecht für ihre achtjährige Tochter verloren hat. Sie hat dem Kind eigenhändig Botox ins Gesicht gespritzt. Mutter und Tochter waren der Meinung, die kleine Britney habe zu viele Falten, um bei einem Schönheitswettbewerb gewinnen zu können. Beide fanden, das Kind brauche deswegen unbedingt Nervengift im Körper. Seltsame Welt.

Im alten Athen gab es vermutlich kein Botox. Der kluge Sokrates hätte sich ohnehin nichts daraus gemacht. Salat im Käsebrötchen hingegen hätte dem Erstsokratiker vielleicht gefallen. Darauf deutet ein anderes Zitat von ihm hin: «Glücklich sind die Menschen, wenn sie haben, was gut für sie ist.» Und Salat ist ja an und für sich was Gutes. Außer im Käsebrötchen.

Trauer um Gimli

Sie hatte ein schönes Leben. Gimli. Die adipöse Hamsterin unseres Sohnes Nick verstarb ohne ein Wort des Abschieds. Nick holte sie heute Morgen aus ihrem Haus, um mit ihr den Tag zu begrüßen, aber sie bewegte sich nicht mehr. Bis zu ihrem Ableben hatten die beiden dieses Morgenritual. Er nahm sie dann mit zum Zähneputzen und setzte sie in eine Seifenschale, wo sie ihm bibbernd, aber neugierig bei der Morgentoilette zusah. Nick hielt ihr dann ein Proseminar zum Thema Zahnpflege. Einmal hat er auch versucht, ihre Schneidezähne zu putzen, aber das gefiel ihr nicht. Mag sein, dass ihr die Ausflüge ins Bad nicht besonders lagen, aber sie waren nicht die Ursache für ihre Erkrankung.

Seit Wochen hatte Gimli eine entzündete Stelle am Bauch. Wir gingen zur Tierärztin, und diese gab uns eine Spritze mit, aus der wir des winzigen Tieres noch winzigere Wunde mit einer Creme versorgten. Die Wunde schloss sich, dann brach sie wieder auf, und zuletzt verklebten Gimlis Augen. Sie fraß nichts mehr, nahm rapide ab, bekam ganz struppiges Fell. Wir spritzten ihr einen Brei in den Mund. Und Nick saß weinend vor ihrem Käfig, hilflos und in grenzenloser Sorge. Schlimm war das. Ich dachte an einen Song von Rocko Schamoni, wo er singt «Leben heißt sterben lernen». Alle Erwachsenen sagen solche Sätze. Kinder begreifen, was der Tod ist, wenn ihre Haustiere ins Gras beißen. Sagt man. Aber ich fürchte, die meisten Menschen, die so etwas sagen, haben keinen kleinen Jungen, der morgens um halb sieben ein totes Nagetier in den Händen hält und ständig fragt: «Warum? Warum? Warum?»

Er kam mit Gimli ins Schlafzimmer, was ich eigentlich nicht mag, aber das Risiko, dass sie unter die Bettdecke flüchtete oder mir in die Nase biss, war gering, denn sie bewegte sich überhaupt nicht. «Die ist hin», sagte ich mit Kennerblick. Ich habe zwar nicht viel Erfahrung mit dem Tod, aber der Befund schien mir nicht abwegig, zumal Sara dasselbe sagte, worauf Nick in Tränen ausbrach und Gimli auf mein Kopfkissen fallen ließ, gleich neben mein rechtes Ohr.

Ich versuchte ihn zu trösten und sagte, dass wir einen neuen Hamster kaufen könnten. Keiner würde so sein wie Gimli, schluchzte Nick. Und da hat er wohl recht. Gimli war ganz besonders. Sie hat in ihrem einjährigen Leben an der Seite unseres Sohnes viel mitgemacht und sich niemals beschwert. Nicht einmal, als Nick ihr Fallschirmspringen beibringen wollte.

Er begann mit leichten Tandemsprüngen vom Apfelbaum, die sie in seiner Hemdtasche und zumindest äußerlich unerschüttert überstand. Dann baute er ihr aus Kordel und einem Handtuch einen Fallschirm und band diesen um ihren Körper. Ich konnte ihn gerade noch daran hindern, Gimli aus dem ersten Stock fallen zu lassen. Aber selbst das hätte Gimli womöglich ebenso überlebt, wie sie die Begegnung mit einer Katze aus der Nachbarschaft unverletzt überstand. Nick hatte seiner Hamsterin einen Beachclub in einem Schuhkarton gebastelt und diesen in den Garten gestellt. Dann ging er ein Eis essen. Als er zurückkehrte, fand er die Nachbarskatze fauchend an der Schachtel vor. Er gab ihr einen Tritt in den Hintern und barg die verängstigte Gimli aus einem Haufen Sand, in dem sie sich vor der Katze versteckte. Gimli überstand eine Discoparty, die Nick an ihrem Geburtstag veranstaltete, und seinen Versuch, sie im Gemüsefach des Kühlschranks frisch zu halten.

So etwas Ähnliches plante ich nun auch. Die Bestattung Gimlis muss nämlich bis zum Frühjahr warten; der Boden im Garten ist gefroren. Ich erklärte Nick also, dass wir Gimli bis Ostern oder so einfrieren und dann auftauen würden, um sie ordentlich und ehrenvoll zu begraben. Er nickte und brachte Gimli in ihren Käfig zurück, um noch für einige Minuten etwas von ihr zu haben. Ich suchte in der Küche nach einem Gefrierbeutel, um Gimli neben Hähnchenschenkeln und Rindergulasch zwischenlagern zu können. Dann hörte ich Nick rufen, nein brüllen. «Gimli lebt», schrie er.

Ich stolperte nach oben, und es ist wahr, ein Wunder ist geschehen. Gimli sieht uns aus kleinen schwarzen Äuglein an und bewegt ihre Barthaare. Sie lebt! Wir müssen sie füttern. Ja, ein Wunder ist geschehen. Ein wahres Wunder! Dieses unfassbare Leben erfährt noch einmal eine Verlängerung!

La Befana war da!

Wenn man eine Familie gründet, erhält man die Chance, damit auch eigene Familientraditionen einzuführen. Schließlich stecken die Füße unter dem eigenen Tisch, und da kann man draufhauen (auf den Tisch, nicht auf die Füße) und rufen: «Scheiß-Lametta! Das Zeug habe ich schon immer gehasst. Kommt mir nicht ins Haus, der Kram.» Und Karpfen auch nicht. Moderne Familien futtern Lachs, und am sechsten Januar schlafen sie lange, bis unsäkularisierte Nachbarskinder vorbeikommen und mit Kreide an der Tür rumschmieren. Anstatt ihnen dafür eine zu verpassen, spende ich immer Geld, weil ich Angst vor Gott habe.

Ansonsten gab es bei uns bisher keine Festtagsbräuche für den Dreikönigstag. Bis letzten Mittwoch. Da überraschte mich mein Schwiegervater Antonio abends mit der Ankündigung, *La Befana* sei im Anflug: «Du, da kommte morgene fruh La Befana, und danne gehte die Party ricketig los.» Manchmal ist es besser, man geht gar nicht auf Antonio ein. Andererseits wollte ich doch wissen, wer oder was La Befana ist. Es konnte sich um eine Geliebte von Silvio Berlusconi handeln. Oder um einen Grippevirus. Oder um eine Soap Opera des italienischen Fernsehens. Also fragte ich ihn, was es mit La Befana auf sich habe.

Er setzte mir auseinander, das La Befana eine hässliche, aber gute Hexe sei. Der Sage nach hörte Befana die Frohe Botschaft und machte sich auf die Suche nach dem Christuskind. Sie brach allerdings, wie in Italien allgemein üblich, etwas zu spät auf. Da war der Stern von Bethlehem schon erloschen, und so konnte Befana das Christuskind nicht finden. Seitdem fliegt sie alljährlich in der Nacht vom 5. auf den 6. Januar von Kind zu Kind und verteilt Geschenke in der Hoffnung, den Heiland dabei eines Tages zu entdecken. Allerdings fliegt sie vorwiegend in Süditalien, was ihre Erfolgschancen erheblich verringert. Die Kinder dort hängen Strümpfe auf, und die braven bekommen Süßigkeiten hinein, die unartigen hingegen Kohle. Dabei handelt es sich um schwarzgefärbtes Zuckerzeug, sogenannte «Carbone Dolce».

«I make die Hex», rief Antonio, und das gefiel mir gut, weil ich mich dann nicht zum Obst machen musste. Vor dem Zubettgehen hängten die Kinder Strümpfe auf, und ich erklärte ihnen diese Befana-Geschichte, die Nick ratlos zurückließ, weil er kein Baby mehr sei und daher selbst für ganz dumme Hexen unmöglich als Jesuskind durchginge.

Am nächsten Morgen waren die Strümpfe leer, denn Antonio verschlief seinen Einsatz. Während die Kinder mäßig enttäuscht ihre Strümpfe inspizierten, um sie danach anzuziehen, deckten Sara und ich den Frühstückstisch. Dann saßen wir zu viert wie üblich daran, und Nick bedauerte, nicht katholisch zu sein und daher beim Heiliger-König-Casting nicht in Frage zu kommen. Wenn er wählen könnte, wäre er Caspar, weil der ein Hiphopper ist. Für Nick sind alle Schwarzen Hiphopper, auch Barack Obama.

Wir sahen in den verschneiten Garten. Da kamen die Heiligen Drei Könige die Straße entlang. Sie durchschritten das Gartentor, und ich hörte die Sternsinger singen. Auf einmal stürzte eine alte Frau aus einem Busch hervor. Sie war ziemlich hässlich und schrie irgendwas auf Italienisch. Sie trug eine lange Gumminase, meine Joggingschuhe und auf dem Kopf ein Geschirrtuch. Während sie schrie, fuchtelte sie mit den Armen herum und schwenkte eine Plastiktüte. Die Heiligen Drei Könige erstarrten erst und flohen dann panisch samt Gefolge aus dem Garten, wobei ein Weihrauchgefäß zurückblieb und im Schnee vor sich hinqualmte, was die Szene umso schauriger erscheinen ließ. Die Hexe trampelte in Richtung Haustür.

«Warum sieht der Opa so bescheuert aus?», fragte Carla.

«Das ist nicht der Opa, das ist La Befana», sagte Sara. «Wir warten, bis sie weg ist, und sehen mal nach, ob sie euch etwas gebracht hat.»

Vor der Tür lagen Schokolade und die süße Kohle. Ich muss davon ausgehen, dass auf diese Weise ein neuer Familienbrauch eingeführt ist. Eigentlich schade, denn ich mochte die Heiligen Drei Könige, die Sternsinger und ihren Segensspruch doch ganz gerne. Aber die kommen ganz sicher nie wieder zu uns.

Germanische Knödel und östliche Unholde

Bevor das Jahr richtig losgeht, fahren wir immer in die Skiferien. Bisher ging es in die Schweiz, aber diesmal stand plötzlich Österreich zur Diskussion, und zwar weil es dort Germknödel gibt. Unser Sohn möchte deshalb überhaupt nur noch nach Österreich. Auch im Sommer. Ich versuchte ihm einzureden, dass es sich bei einem Germknödel um ein kleines wehrloses Tier handele. «Der Germknödel», behauptete ich, «hat vier Beinchen, aber die fallen ab, wenn man ihn kocht. Germknödel werden im Allgemeinen geschossen, zuweilen aber auch über Klippen gehetzt und nicht selten mit Dynamit bejagt. Das ist aber in Österreich verboten, weil sich dann Lawinen lösen können. Gerade das Salzburger Land gilt als überjagt, oft werden sogar Jungtiere abgeknallt.» Dies alles beeindruckte Nick so sehr, dass er nun erst recht nach Österreich wollte, um sich das mal genauer anzusehen. Also fuhren wir nach Obertauern, einem Ort auf 1700 Metern, den nur Drottl (österreichisch für «Trottel») mit Sommerreifen befahren und der im August vollkommen unbewohnt ist. Nur ein Hotel hat dann angeblich geöffnet und in dem machen Busreisende Urlaub, denen man weisgemacht hat, es sei dort im Sommer nicht so überlaufen.

In Obertauern, so wurde uns vorher zugeraunt, regiere inzwischen der Iwan. Da stellt man sich ja sofort dröhnende Ost-Unholde vor, die nach dem Trinken in ihr Glas beißen, Hotelpagen und Kellner mit Ochsenziemern verprügeln und abends in der Bar einen Säbeltanz aufführen. Man wünscht es sich geradezu, damit man sich am Nebentisch Sarrazinesken zuzischeln kann. Ist aber alles nicht passiert, bis auf den Säbeltanz – und der war gar nicht übel.

Ansonsten entpuppten sich die Russenclans als vorwiegend lethargische Großfamilien. Die Väter waren allesamt maulfaule Burschen, Typ schwer im Zwielicht schuftender Moskowiter. Die Dame an seiner muskulösen Seite neigt ebenfalls nicht zum Schnattern. Sie raucht und guckt und trinkt und glitzert. Besonders das Glitzern hat es in sich. Beinahe hätte ich ein basales psychotraumatisches Belastungssyndrom erlitten, als ich am zweiten Tag eine Russin im Lift traf, deren Beinkleid funkelte wie der Handschuh von Michael Jackson. Ich nehme an, dass die offensive Gestaltung der Hose auf ein Joint Venture zwischen Ed Hardy und Swarovski zurückging.

Am russischen Weihnachtstag dann morgens Getöse am Oligarchentisch. Wahrscheinlich Bescherung. Laute Begeisterungsschreie aus Kindermündern, die ich nicht übersetzen konnte. Aber der Jubel klang in etwa so, als hätte der kleine Junge gerufen: «Papa! Mama! Ein Playmobil-Gulag! Jipieeh!»

Was war sonst noch beeindruckend an diesem Urlaub in Redbullland? Die Prominentenfotos natürlich. Kein österreichisches Lokal kommt ohne Promibilder im Eingang aus. Das ist natürlich auch woanders der Fall. In Hamburg ist es zum Beispiel beinahe unmög lich, ein Lokal zu betreten, in dessen Eingang nicht Uwe Seeler hängt und grinst. In München posierte Franz Beckenbauer bereits in so ziemlich jedem verfügbaren Restaurant. Aber das ist nichts gegen Obertauern. Da habe ich ein Hotel entdeckt, in dem Franz Beckenbauer UND Uwe Seeler sogar gleichzeitig auf einem Foto um die Wette strahlten wie mit Blattgold verzierte Zaren. Das war wirklich überwältigend.

Ähnlich ergreifend fand Nick, dass ich immer schon vorher wusste, was der auf dem Teller liegende Germknödel zuletzt gegessen hatte, nämlich Pflaumen. Bei der Obduktion war tatsächlich immer Pflaumenmus im Bauch des blinden pelzlosen Nagetiers. Nach einer Woche fuhren wir wieder nach Hause. Ich zahlte die Hotelrechnung, und mein Sohn verabschiedete sich, und zwar mit den Worten von Herrn O. aus Frankfurt, der jeden Abend die Hotelbar mit folgendem Billy-Mo-Klassiker verlassen hatte: «Es sprach dä Scheisch zum Emir, erst zahl'n mir und dann geh'n mir. Es sprach dä Emir zum Scheisch: Mir zahl'n net, mir geh'n gleisch. Da sprach der Abdul Hamid: Und's Tischduch neh'm wir a mit.» Na sdorowje!

Antonios Super-Medizin

Der schlechteste Patient der Welt heißt Antonio Marcipane. Das weiß ich seit letztem Sonntag. Da klingelte nämlich spätabends das Telefon, und erst war nur ein schweres Atmen zu hören. Ich wollte gerade damit beginnen, den mutmaßlich pubertierenden Anrufer zu beschimpfen, als ich diesen mit Grabesstimme flüstern hörte: «Liebe Jung, biste du das?»

«Ach, Antonio! Ciaochen. Ich dachte schon, du seist ein obszöner Anrufer!»

«Hä?»

«Vergiss es! Wie geht's dir?»

Mein Schwiegervater teilte heiser mit, dass es zu Ende gehe mit ihm. Er habe sich daher entschlossen, mir fernmündlich «Arrivederci» zu sagen. «Bini bereite zu loslassen. I sehe eine Lickte.»

«Was denn für ein Licht?», fragte ich ihn milde besorgt, denn für einen Todgeweihten klang er mir zu sehr nach Seifenoper.

«Kennste du nikte der Lickt?», röchelte er ungeduldig. «Sagte man so.»

«Ach so. *Das* Licht. Natürlich», sagte ich.

Als ich ihn fragte, was eigentlich mit ihm los sei, hatte ich Ursula am Ohr: «Nix hat der. Erkältung. Dicke Nase und Kopfschmerzen.» Er liege seit Tagen im Bett und mache Theater. Ich regte an, mal zum Arzt zu gehen, und Ursula erzählte, dass sie genau dort vor einigen Tagen gewesen seien, bei ihrem Hausarzt. Den Mann kenne ich, und genau genommen ist er nicht der Hausarzt meiner Schwiegereltern, sondern er wohnt zwei Häuser weiter. Diesen Umstand nimmt Antonio zum Anlass, den armen Kerl nicht in dessen Praxis, sondern zu Hause aufzusuchen, und zwar vorwiegend abends, wenn dieser frei hat. Außerdem ist der Typ Dermatologe.

Der sogenannte Hausarzt erklärte Antonio, dass dieser sich einen Schnupfen eingefangen habe. Aber damit war Antonio nicht zufrieden. Er hielt sich am Ärmel des Mediziners fest und streckte ihm die Zunge heraus, damit der seinen Befund noch einmal anhand eines Blicks in den Abgrund des Antonio'schen Schlundes überprüfen könne. Aber der Arzt blieb dabei und behauptete, das lege sich nach ein paar Tagen wieder. Er empfahl eine Nasendusche.

Auf dem kurzen Heimweg – Antonio war praktischerweise in Pyjama und Mantel unterwegs – begegnete ihnen Nachbar Thoms. Antonio musste diesem auseinandersetzen, dass der Doktor von nebenan ein Scharlatan sei. Er, also Antonio, habe erstens eine schwere Lungenentzündung und zweitens höchstwahrscheinlich einen Tumor irgendwo. Und dieser Quacksalber habe ihm geraten, mit seiner Nase in eine Dusche zu gehen. Dabei gehöre er in ein Krankenhaus. Wenn Herr Thoms demnächst länger von ihm nichts höre, läge das daran, dass er gestorben sei, und der Doktor sei schuld. Da Antonio seinen viertelstündigen Vortrag leicht bekleidet und in Hausschuhen hielt, nehme ich an, dass er sich dabei erst so richtig fett erkältete. Oder der Thoms hat ihn angesteckt. Jedenfalls verschlechterte sich Antonios Zustand innerhalb eines Tages dramatisch und führte schließlich zu diesem eigenartigen sonntäglichen Anruf. Er habe sich entschieden, dass ich seinen Fernseher bekäme.

«Danke, das ist sehr großzügig», sagte ich. Dann wisperte er, es handele sich um eine ganz neue Krankheit, er sei der erste Mensch, der darunter leide, und schließlich bat er um die Letzte Ölung.

Für Menschen wie ihn, denen die Diagnose «Erkältung» nicht ausreicht, weil sie zu profan und harmlos klingt, sind Fachbegriffe wie zum Beispiel «ILI» erfunden worden. Das steht für «Influenza like illness». Toll, die Amis, finden für alles eine Abkürzung. Eine ILI ist also eine grippeähnliche Erkrankung, genau wie das «flu-like-syndrom». Die Beschwerden werden über ein Virus verbreitet, aber eben kein Grippevirus.

Eine ILI dauert eine gute Woche. Ich muss es wissen, denn ich leide grauenhafte Qualen. Rotz. Schnief, Ächz. Und nichts hilft bisher. Antonio hingegen ist wieder fit. Am Dienstag meldete er sich, um von seiner Genesung zu berichten und von einer Wundermedizin, die ihm das Leben gerettet habe: Hühnersuppe. Er führte deren Wirksamkeit auf einen Inhaltsstoff zurück, der gerade eben erst von Wissenschaftlern entdeckt worden sei und nun zum Wohle der Menschheit den deutschen Hühnern massenhaft verabreicht würde: Dioxin.

Schweinsgedöns und Kommunismus

In letzter Zeit erstaunt mich öfter, dass unsere kleine deutsche Welt einigermaßen funktioniert, obwohl sich nicht einmal die Menschen verstehen, die aus demselben Kulturkreis stammen und daher doch dieselbe Sprache sprechen.

Da stehe ich zum Beispiel in Hamburg am Dammtorbahnhof rum und stelle fest, dass mir das Feuerzeug abhandengekommen ist. Ich grübele und wühle und entscheide schließlich, ein neues zu kaufen. Dazu betrete ich ein im Bahnhof befindliches Tabakwarengeschäft, in dem es nach alter Derrick-Folge riecht. Ein Kunde ist schon dort und sagt gerade: «Eine rote Gauloises.» Dies ist eine klare Ansage, zumal in einem Laden mit rückwärtigem Zigarettenregal. Davor steht eine Frau und sagt: «Da müssen Sie hier rüberkommen.» Dann bewegt sie sich seitwärts zur Lottoscheinabteilung. Der Mann versteht nicht, warum er zu den Lottoscheinen soll, wenn er Zigaretten kaufen will. Also bleibt er einfach mal stehen. Hätte ich an seiner Stelle auch gemacht. Die Frau ruft: «Hier rüber!», und er ruft zurück: «Warum?», und sie wiederholt: «Hier rüber.» Der Mann hält das für eine Schikane. Es braucht dann ungefähr vier Minuten, bis er seine Zigaretten hat, weil die Frau nicht «eine rote Gauloises» verstanden hat, sondern «ein Rubbellos».

Gut, dieses Missverständnis mag noch einer gewissen Harthörigkeit der Verkäuferin geschuldet sein, aber das nächste Beispiel totaler Unverständigkeit ist psychologisch schon bemerkenswert. Es spielt im Göttinger Restaurant «Kartoffelhaus», in welchem ich vor einiger Zeit Nudeln aß. Am Nebentisch hockten sechs Rentner, die bei einer jungen Servierkraft Essen bestellten. Sie schrieb stoisch auf, was die Herren ihr diktierten, dann kam der Letzte an die Reihe und sprach: «Ich nehme das Zürcher Schweinsgeschnitzge, äh, das Schnetz, das Schweinsschnitz.» Die Kellnerin legte den Kopf schief und erstarrte dann in einer wie ausgeschaltet wirkenden Warteposition. Der Herr nahm tief Luft und einen neuen Anlauf: «Das Wiener! Neee, das Züricher Schwanzgeschnetz. Ähh.» Tiefe Verzweiflung. Ich saß am Nebentisch und dachte: «Komm, Junge, spuck's aus, sag's einfach. Gib dir 'n Ruck.» Ich litt wirklich mit ihm. Die Kellnerin ließ den Bleistift sinken. Sie hätte ihm auch helfen können. Aber sie wartete – und quälte ihn. Der alte Mann seufzte und hob wieder an: «Na, das Dings nehme ich. Das Schnetzschweins.» Dann hatte er eine Idee. Er schlug die Speisekarte auf, fuhr mit dem Finger die Hauptgerichte entlang, tippte auf sein Wunschessen und rief freudig erregt: «Hier isses doch.» Und dann feierlich: «Ich nehme: Das Züricher: Schweine: Gedöns!» Die Kellnerin darauf völlig unbewegt: «Kleinen Salat dazu?»

Ich bin dann nach Leipzig gefahren. Zur Buchmesse. Dort lungerte ich am Stand meines Verlages herum und absolvierte herrlich unkommunikative Pressegespräche, deren Absurdität sich aus der schon rührenden Uninformiertheit der fragenden Damen und Herren speiste. Eine wollte tatsächlich mit mir über meinen neuen Roman «Maria, ihm schmeckt's nicht» sprechen. Als ich ihr sagte, dass das Buch acht Jahre alt sei, antwortete sie: «Na und? Ist doch egal! Oder glauben Sie, das merkt hier einer?»

Das hübscheste Interview wurde aber beim Mitteldeutschen Rundfunk geführt und live im Radio gesendet. Ich sollte dafür um zehn Uhr morgens am MDR-Stand erscheinen, was mir auch knapp gelang. Ich griff abgehetzt um 10:04 Uhr zum Mikrophon, und die Moderatorin begann das Gespräch leutselig mit den Worten: «Bei mir ist jetzt der Kommunist Jan Weiler.» Ich begehrte zaghaft auf, dass ich ganz genau genommen nicht Kommunist sei, sondern Kolumnist. Aber das war ihr egal. Und es ist ja auch im Grunde alles dasselbe.

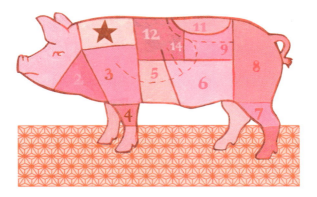

Ferber für Anfänger

Zu den empörenden Besonderheiten bei der Verwandlung unserer Tochter in ein Pubertier gehören ihre Vorstellungen vom Wert bestimmter Dinge. Meine Sachen sind zum Beispiel nichts wert. Man kann CDs des Vaters irgendwohin mitnehmen und dort vergessen. Wenn ich meckere, dass ich diese CDs gekauft habe, weil ich sie besitzen wollte, antwortet Carla, ich solle mich nicht so anstellen, es seien doch bloß CDs. Schon wegen der Frechheit meiner Tochter habe ich ein Problem mit der blöden Gratiskultur des Internets.

Diese möchte sie nun mit dem eigenen Computer in Anspruch nehmen und setzte sich ein Sparziel, welches sie erstaunlich konsequent verfolgte. Sie bettelte Großeltern deutscher und italienischer Provenienz an und ging Babysitten, um Geld zu verdienen. Zuvor malte sie ein Werbeplakat mit abreißbaren Telefonnummern, auf dem sie die Dienste einer «zuverlässigen und freundlichen Zwölfjährigen» anpries. Ich fragte, ob sie demnach noch jemanden mitbringen würde, aber sie fand das nicht komisch und hängte den Schrieb in zwei Geschäften aus. Es riefen tatsächlich Menschen an und zwar auf meiner Büronummer. Carla hatte sie auf die Abrisse geschrieben, weil ich schließlich zu Hause und ihr Handy immer leer sei.

Nach einigen stundenweisen Einsätzen folgte neulich der erste Babysitter-Samstagabend im Leben der zuverlässigen und freundlichen Zwölfjährigen. Die Eltern der dreijährigen Cheyenne Shakira wollten in ein Andrea-Berg-Konzert gehen oder in einen Swinger-Club, so genau weiß ich es nicht. Aber wer seinem Kind solche Namen gibt, treibt am Samstagabend die merkwürdigsten Sachen. Sie buchten Carla von halb sieben bis Mitternacht. Ich fuhr sie hin und dann schnell wieder nach Hause, um meine CDs zu sortieren. Irgendwer bringt da immer alles durcheinander.

Gegen 21 Uhr klingelte das Telefon. Carla. Sie wisse nicht, was sie machen solle, weil dieses Monster sie seit über einer Stunde anbrülle und nicht einschliefe. Ich schlug ihr vor, Cheyenne Shakira zu ferberisieren. Bei der Ferber-Methode lässt man die Kinder schreien, stopft sich Klopapier in die Ohren und trinkt Branntwein, bis alle eingeschlafen sind oder die Polizei klingelt. Carla lehnte dies ab und bat mich, doch mal vorbeizukommen.

Meine Tochter öffnete völlig entnervt die Tür. Sie versicherte mir, dass sie einträchtig einen schrecklichen Film für Kleinkinder angeschaut hätten. Danach gab es Abendessen, dann wurden Zähne geputzt und vorgelesen. Und nun das. Ich öffnete das Kinderzimmer, und Cheyenne Shakira lag wie ein Glutnest in ihrem Bettchen und brüllte. Sie sah aus wie Chucky, die Mörderpuppe. Ich sagte: «Huhu, wer will denn da gar nicht schlafen?» Da brüllte Cheyenne Shakira noch ein bisschen lauter und wurde noch ein bisschen röter. «Siehst du? Die ist verrückt», rief meine Tochter. «Das bekommen wir schon hin», sagte ich mit einer Zuversicht, deren Ursache ich in einer Plastiktüte dabeihatte. Ich sagte: «Cheyenne Shakira, ich werde dich jetzt bis zum Kragen mit Kinderschokolade vollstopfen. Dann bekommst du Gummibärchen und Fanta, und du kannst aufbleiben, so lange du willst.»

«Das dürfen wir nicht», sagte die zuverlässige und freundliche Zwölfjährige.

«Na und? Wir sind nicht ihre Erziehungsberechtigten. Wenn sie nicht wollen, dass Chucky Kinderschokolade bekommt, sollen sie zu Hause bleiben.»

Dann gingen wir ins Wohnzimmer und aßen alles auf, was ich von der Tanke mitgebracht hatte. Cheyenne Shakira bekam einen Zuckerschock und tanzte Lambada. Gegen 23:40 Uhr fiel sie nach einem Lachflash in einen ohnmachtsähnlichen Tiefschlaf. Mission accomplished, würde George W. Bush sagen. Ich trug sie in ihr Zimmer. Dann haute ich ab und beobachtete das Haus, bis die Eltern heimkamen. Ich klingelte fünf Minuten später, um meine Tochter abzuholen. Cheyenne Shakiras Eltern waren ganz begeistert von Carla. Solches Lob hört man als Vater gern. Carla gab mir tatsächlich die Hälfte ihres Honorars ab. Nächste Woche wollen Cheyenne Shakiras Eltern zu Semino Rossi. Das wird toll!

Macht und Mütze

Manchmal sitze ich am Schreibtisch, und die Gedanken machen sich selbständig. Ich oszilliere so ein bisschen herum, und dann kommen mir Fragen in den Sinn. Philosophische Fragen zum Leben und zum Überhaupt. Stundenlang grübele ich dann über diese Fragen nach, aber ich finde keine Antwort. Zum Beispiel zu diesem Thema hier: Irgendwann vor langer Zeit hat ja mal irgendein Typ die Milch entdeckt, nicht wahr? Und da fragt man sich doch: Was wollte der Typ von der Kuh? Man kommt nicht weiter, egal, wie lange man darüber nachbrütet.

Wenn mir zu solchen weltbewegenden Problemen gar nichts einfällt, entspanne ich mich bei dem Gedanken, die Weltherrschaft an mich zu reißen.

Wie es wohl wäre, wenn alleine ich Schönheitsideale vorschreiben, Minister mit einem Fingerschnipsen entlassen oder Ampelphasen im Berliner Berufsverkehr zu meinem Vergnügen manipulieren dürfte. Das wäre schön. Allerdings benötigt man für ein diktatorisches Regime Utensilien, die mir abgehen. Ich besitze zum Beispiel leider keine Otterfellmütze. Die ist aber zum Regieren absolut nötig, wie ich gerade erfahren habe. Und zwar aus Nordkorea.

Nicht dass mich News aus Nordkorea sonderlich interessieren, schließlich ist Nordkorea weit weg, und wir haben so etwas selber. Wir nennen es Hessen. Aber bei dieser Meldung aus dem seltsamen Schattenreich des Diktators Kim Jong-Il denkt man dann doch, dass historische Veränderung in der Luft liegt. Es ist nämlich so: Kim Jong-Il hat einen Sohn, das ist so eine pummelige Type namens Kim Jong-Un. Und Kim Jong-Un durfte vor kurzem zum ersten Mal öffentlich: Papas Otterfellmütze tragen. Kein Witz.

Diese Agenturmeldung ist hochbrisant, weil sie unter Kennern die Spekulation auf einen baldigen Machtwechsel nährt. Tatsächlich darf nämlich nur der Chef in Nordkorea eine Otterfellmütze tragen. Vaters gutes Stück stammt aus westlicher Fertigung, und vermutlich riecht es etwas streng, nach Otter eben, was seinen Sohn aber nicht stören wird, solange der Deckel chic aussieht. Andere Vertreter des Regimes tragen übrigens zumindest im Winter ähnlich aussehende Kopfbedeckungen, allerdings sind diese von minderer nordkoreanischer Plaste-Qualität, wie Regierungsvertreter nun verlautbart haben.

In Deutschland trägt kein Mächtiger eine Mütze, außer vielleicht der Ministerpräsident von Hessen, Volker Bouffier. Es sieht immer ein wenig danach aus, als trüge der eine Perücke über einem Toupet. Die Vorstellung, dass die Amtsübergabe in Hessen nach der nächsten Landtagswahl wie in Nordkorea durch Übergabe der Mütze an den Wahlsieger vollzogen wird, lässt auf baldige Neuwahlen hoffen.

Mir fehlt zum Regieren zugegebenermaßen noch mehr als nur die ulkige Kopfbedeckung. Da muss man auch ein bestimmter Typ für sein. Tatsächlich bin ich nicht einmal autoritär genug, um meine Tochter daran zu hindern, riesige Berge von Schmelzkäse im Bett zu verzehren. Daher lebe ich meine Machtphantasien nur im Geheimen aus. Manchmal tue ich zum Beispiel so, als sei ich ein Superagent. Ich schalte die Mikrowelle genau eine Sekunde vor Ablauf des Mikrowellencountdowns aus und fühle mich, als hätte ich im allerletzten Augenblick eine nordkoreanische Atombombe entschärft. Dann bringe ich meiner Frau ihr Dinkel-Hafer-Kissen. Sara schläft seit einiger Zeit auf einem Dinkel-Hafer-Kissen, weil es angeblich gut ist für ihre Schulter. Das Ding muss vor dem Schlafengehen erwärmt werden, und deshalb lege ich es für drei Minuten (na ja, eigentlich nur für zwei Minuten und neunundfünfzig Sekunden) in die Mikrowelle. Meine Frau riecht danach wie ein Brot.

Wahrscheinlich bin ich einfach kein Machtmensch und die Weltherrschaft liegt mir gar nicht, denn es ist auf Dauer unheimlich anstrengend, ständig nur gegen den Willen eines Volkes durchzuregieren. Das mussten zuletzt allerhand nordafrikanische Kleptokraten erfahren, und es macht keinen Bock. Ich werde also von meiner Willkürherrschaft erst einmal Abstand nehmen. Macht auf seine Mitmenschen kann man außerdem auch im ganz kleinen Maßstab ausüben.

Ein Beispiel dafür gab mir neulich ein fremder Mann, der neben mir im Flugzeug saß. Als die Maschine zum Halten kam, schnallte er sich ab und stellte dann den Gurt enger, indem er den Verschluss verschob. Der nächste Fluggast auf diesem Platz würde diesen in jedem Fall weiten müssen. Ich hatte so was noch nie gesehen und fragte den Mann nach dem Grund für diese Aktion. Er sagte: «Wenn sich gleich jemand da hinsetzt, wird er das Gefühl haben, zu dick für diesen Gurt zu sein.» Ich fand das gemein. Ich fragte ihn: «Und das gefällt Ihnen?» Er antwortete nicht, stand auf, nahm sein Gepäck aus der Ablage und ging. Noch im Flugzeug setzte er seine Otterfellmütze auf.

Ein Traum von einem Vater

Schul- und Jugendpsychologen weisen beständig darauf hin, dass es in der Erziehung junger Menschen vor allem darauf ankommt, ständig in Kontakt zu bleiben. Kommunikation sei alles, heißt es. Man soll also reden, reden und nochmals reden, notfalls achtzehn Jahre lang durchlabern. Habe ich versucht. Das vorläufige Ergebnis ist aber ernüchternd, denn ich rede, und meine Kinder schweigen zurück.

Die ganze Bredouille begann damit, dass wir zu Mittag aßen. Das machen viele Familien in Deutschland jeden Tag. Aber bei uns war so eine komische Stimmung. Niemand sprach, dabei hatte keiner schlechte Laune. Ich mag es nicht, wenn alle stumm das Essen in sich hineinschaufeln. Ich will auch quatschen. Also stellte ich meinen Kindern eine Frage, einfach so, irgendeine belanglose Frage, nur um das Tischgespräch ein bisschen ins Brummen zu bringen.

«Mal angenommen, es gäbe mich gar nicht: Wen hättet ihr dann am liebsten als Vater?» Ich dachte, das sei ein Top-Essens-Thema und hoffte nebenbei, dass meine Kinder sagen würden, dass sie sich niemand anders als Vater vorstellen könnten als nur mich. Väter sind so, manche jedenfalls, also ich. Sara fand die Frage auch interessant, und die Kinder dachten nach, Nick allerdings nur sehr kurz. Dann rief er: «Homer Simpson!» Das fand ich eine ganz gute Wahl. Homer Simpson ist doof, aber lustig. Carla nahm sich etwas mehr Zeit und rief dann: «Ich will Til Schweiger als Vater!» Den finde ich mindestens so doof, aber gar nicht lustig. Er dreht aber angeblich Komödien.

«Warum denn bitte ausgerechnet der?», fragte ich empört. Ben Stiller hätte ich okay gefunden, meinetwegen auch Joachim Löw. Oder Kloppo. Aber Til Schweiger? Carla knabberte an ihrem Salat und führte dann aus, dass Til Schweiger im Film so eine tolle Wohnung habe und super mit Kindern umgehen könne. «Kann ich auch», meckerte ich. «Aber er guckt immer so süß.» Til Schweiger guckt süß! Ich versuchte, so zu gucken wie Til Schweiger, so nett und unschuldig von unten, wie man eben gucken muss, damit Mädchenherzen schneller pochen. Carla lachte und sagte: «Du kannst das nicht.» Ich wies sie darauf hin, dass ich andere Dinge könne, die der feine Herr Schweiger ganz sicher nicht beherrsche, und Carla sagte: «Die interessieren nur niemanden. Und außerdem sieht *der* super aus.» Jetzt war ich beleidigt. Selber schuld. Leider hat sie vollkommen recht.

«Wofür ist es denn bitte schön so wichtig, dass ein Vater gut aussieht?», fragte ich in selbstquälerischer Beharrlichkeit. Carla beschenkte mich mit einem mitleidigen Lächeln, brachte ihren Teller in die Küche und verschwand in ihrem Zimmer, um telefonierend zu kichern. Oder um kichernd zu telefonieren. Wahrscheinlich ging es um mich.

Ich blieb sitzen und dachte darüber nach, wen ich als Junge gerne zum Vater gehabt hätte. Und dann fiel es

mir wieder ein: Lex Barker. Old Shatterhand. 1974 war
der mein Traumvater. Lex Barker ging mit diesem ober-
lässigen Wildlederoutfit auf Kriegspfad. Mein Vater ging
nur mit Anzug und Krawatte ins Büro. Er hatte nicht
den kleinsten Schimmer vom Anschleichen, konnte keinen Tomahawk werfen, und wenn er nach Hause kam,
machte er kein Lagerfeuer an, sondern den Fernseher.
Und plötzlich konnte ich meine Tochter verstehen. Alleine die Vorstellung, mit Til Schweiger in einem seiner
schön eingerichteten Filme zu leben, hebt in Mädchen-
seelen wahrscheinlich die größten romantischen Schätze. Besonders wenn er so von unten guckt.

Ich stand auf und räumte die Spülmaschine ein. Welchen Vater sich wohl Walter Kohl gewünscht hat, als er
zwölf Jahre alt war? Na ja, egal.

Mir fällt jedenfalls auf, dass meistens ich bei uns die
Konversation vorantreibe. Madämchen lässt sich Infos
nur schwer entlocken, und unsere Til-Schweiger-Diskus-
sion dämpfte ihre Gesprächslust noch weiter.

Trotzdem weiß ich allerhand über sie, weil ich um
meine Tochter herum recherchiere. Ich weiß zum Beispiel, dass es zwischen ihr und Moritz gerade nicht zum
Besten steht. Große Krise. Sie hat sich da um Kopf und
Kragen geredet. Es ist ihrer Jugend geschuldet und eigentlich nicht weiter schlimm. Aber endlaser peinlich.
«Endlaser» muss man englisch aussprechen, und es
ist eine Steigerungsform, die gerade bei uns grassiert.
Meine Hackfleischsauce ist endlaser und die TV-Serie
«Glee». Moritz war bis gestern endlaser. Mir würde sie
das natürlich niemals erzählen, weil ich nun einmal

nicht endlaser bin. Aber ihren Kumpelinnen erzählt sie alles. Und wer ist mit den jungen Damen befreundet? Genau: Ich. Bei Facebook.

Nicht dass Sie mich jetzt für einen Strolch halten. Ich habe mich nicht darum gerissen. Es war genau umgekehrt. Als ich in der Facebook-Quasselbude frisch angemeldet war, purzelten Freundschaftsanfragen herein, und darunter waren einige von Carlas Schulfreunden. Ich fand das lustig und drückte auf «bestätigen». Ich dachte, das sei geschickt, weil man auf diese Weise mit Jugendlichen in Kontakt bleibt.

Zunächst erwiesen sich meine Facebook-Freundschaften mit Carlas Clique als ziemlich enervierend. Dauernd wurde ich gefragt, ob ich bei irgendwelchen doofen Spielen mitmachen wolle. Ob ich mir ein Date mit Miley Cyrus wünschte (nein) oder lieber eines mit Cameron Diaz (schon eher) und ob ich alte Wendy-Hefte bräuchte (bestimmt nicht). Ich reagierte nie und ließ den Mahlstrom der Nebensächlichkeiten an mir vorüberziehen.

Aber dann passierte die Sache mit Moritz. Er ist oder war – ganz genau weiß ich es nicht – der Freund unseres Pubertiers, und er gefiel Carla auch deshalb so gut, weil er voll süß emo war. Das bedeutet, dass er eine ganz gute Frisur trug, so ein bisschen Richtung Punk, aber natürlich nicht richtig, ein bisschen softer, eben emo. Wie der Sänger von Green Day. Damit kann man gut leben, finde ich. Manchmal sitzen sie in unserer Küche und verursachen eine Art Lochfraß im Kühlschrank.

Damit könnte es allerdings vorbei sein, denn der arme

Kerl hat einen großen Fehler gemacht. Vor einigen Tagen tauchte er in der Schule mit einer neuen Frisur auf, und zwar mit der des US-Teenystars Justin Bieber. Im Ergebnis führt dieser Look dazu, dass die armen Jungs ein Schleudertrauma bekommen, weil sie sich den Pony immer aus dem Gesicht schütteln müssen. Nachmittags fragte Liliane auf Facebook nach Meinungen zu Moritzens neuem Kopfputz. Carla kommentierte: «Sieht aus wie eine Klobürste aus Eichhörnchenfell.» Moritz kommentierte: «Dabei habe ich das nur für dich getan. Aber da habe ich wohl einen Fehler gemacht.» Ich postete unüberlegt: «Die größten Dummheiten werden aus Liebe begangen.» Und Carla schrieb: «Tschüs, Papa.»

Kurz darauf hatten alle ihre Bekannten ihre Verbindung zu mir gelöst. Ich rief einen Vater an, der bisher ebenfalls mit allen Kindern befreundet war. Der ist auch raus. Wir sind alle raus. Aufs Abstellgleis geschoben von Zwölfjährigen. Generationenvertrag gekündigt. Ritschratsch, so schnell kann's gehen. Dabei hätte ich so gern gepostet, dass Moritz wieder zum Friseur muss. Justin Bieber hat nämlich eine neue Frisur! Und die ist echt endlaser.

Ein grandioses Kinoerlebnis

Antonio Marcipane saß an unserem Küchentisch und hielt einen Vortrag über Silvio Berlusconi. Er hat dessen Regentschaft nie mit großer Leidenschaft verfolgt, fand ihn aber immer sehr attraktiv – für einen Mann. Wie viele seiner Landsleute störte Antonio sich nicht an Berlusconis Eskapaden, im Gegenteil: Er hielt ihn für ein epochales Beispiel altersloser Virilität. Die Sache mit dem jungen Ding im Mailänder Palazzo war dann aber selbst Antonio zu viel. Frauen für Sex zu bezahlen, das sei einfach: total unsportlich. Fand er.

Sara wechselte das Thema, weil Nick mit Ohren wie Dumbo am Tisch saß und Müsli löffelte. Sie fragte in die Runde, ob jemand mit ihr und Nick ins Kino wolle. Es laufe «Gulliver» in 3D. Unser Sohn liebt 3D-Filme ungeachtet ihres Inhalts. Er würde sich auch die Seniorengymnastik im Dritten Programm angucken, wenn es die in 3D gäbe. Zu meiner Überraschung wollte Antonio auch mit. Also fuhren wir in ein riesiges Kino mit einer zwanzig Meter langen Süßwarentheke, an der sich Nick Popcorn bestellte. Dann kam Antonio an die Reihe:

«Iste der Poppecorn gut?», fragte er die Verkäuferin.

«Sehr gut», sagte die Verkäuferin. «Klein, medium, groß oder XXL?»

«Was? Wer? Iech?»

«Doch nicht du! Das Popcorn!», sagte ich. Die Werbung hatte bereits begonnen. Antonio wiegte den Kopf hin und her. Er konnte sich nicht entscheiden und ließ sich Musterpackungen zeigen. Dann bemühte er einen italienischen Abzählreim und landete natürlich bei der großen Tüte. Das hätte ich ihm auch vorher sagen können.

«Süß oder salzig?», fragte die Verkäuferin.

Antonio war überfordert. Nick und Sara gingen schon mal vor. Ich wartete. Für süß sprach, dass er mehr Lust darauf hatte, für salzig sprach die Uhrzeit. Es war 16 Uhr, und ab da isst man in seiner Heimat keine süßen Sachen mehr, außer man ist unter ein Meter fünfzig. Antonio ist ein Meter fünfundsechzig groß, und daher steht bei ihm ab dem späteren Nachmittag Salziges auf dem Programm. Der Kartenabreißer warf Ticketreste vor dem Kinosaal in einen Papierkorb und trat von einem Bein aufs andere.

Antonio bat um ein süßes Popcorn, um es zu testen, dann um ein salziges, um zu vergleichen. Er kam mir vor, als stünde er am Olivenstand auf dem Wochenmarkt von Campobasso, wo alle Zeit haben und wo kein Film anfängt. Antonio entschied sich schließlich dafür, die untere Hälfte der Tüte mit salzigem und die obere Hälfte mit süßem Popcorn füllen zu lassen.

Ich hastete zum Saal, der Abreißer reichte mir eine 3D-Brille.

«Was solle der da sein?»

«Das ist eine Spezialbrille, mit der du räumlich sehen kannst.»

«Das kanni seite balde siebzig Jahre schon.» Antonio wies die Brille brüsk zurück, zumal er sie auch hässlich fand. Ich wollte darüber nicht mehr diskutieren. Ich wollte ins Kino.

Als wir endlich saßen und Sara mir die ersten Minuten des Films erzählt hatte, geriet Gulliver in einen riesigen Strudel und landete in Liliput. Ich entspannte mich allmählich. Nach etwa 25 Minuten stupste Antonio mich an.

«He», raunte er. Dieses Kino sei nicht gut, denn das Bild auf der Leinwand sei total unscharf. Ich nahm meine 3D-Brille ab und schob sie ihm auf die Nase. Antonio machte «Ohh» und fing augenblicklich an zu lachen. Dann griff er tief in die Popcorntüte, raschelte darin herum und versank in den Film.

Ich ging raus und suchte nach dem Mann mit den Brillen, aber da war niemand. Also kaufte ich mir eine kleine Tüte Popcorn und setzte mich auf eine Bank vor das Kino. Eine Stunde später kam meine Familie raus, und Sara wunderte sich darüber, dass ich mittendrin gegangen sei. So übel sei der Film nicht gewesen. Und Antonio fügte hinzu, besonders die Effekte seien ganz phantastisch. Man brauche allerdings natürlich schon eine Spezialbrille dafür. Sonst habe das alles keinen Sinn.

Weiber-Diplomatie

Sie und ich, eigentlich wir alle, sollten viel häufiger auf die Bundeskanzlerin hören. Seit Monaten predigt Angela Merkel: «Aussteigen ja, aber aussteigen mit Augenmaß.» Und was mache ich Blödian? Stolpere beim Verlassen der S-Bahn, weil ich nicht richtig hinsehe. Mein Koffer knallt auf den Bahnsteig, springt auf, und sämtliche Fahrgäste der S7 können sehen, was drin ist, nämlich Hemden, Socken, Unterhosen und regionale Spezialitäten, die ich auf meiner Reise geschenkt bekommen habe. Ich raffe mein Zeug zusammen, die Bahn fährt weiter – und mein Handy liegt im Gleisbett. Also klettere ich hinein, um es zu holen, mache mich dabei wahnsinnig schmutzig und biete den Leuten auf der anderen Bahnsteigseite ein erbärmliches Schauspiel, weil ich nun einmal nicht die Huberbuam bin und das Erklettern eines Bahnsteiges mühsam finde. Das Handy funktioniert wider Erwarten noch, sieht jedoch aus, als hätte Rainer Brüderle darauf eine Tarantella getanzt.

Ich latsche völlig verdreckt und gedemütigt vom Bahnhof nach Hause. Meine Frau öffnet keineswegs mit den Worten: «Oh, Gatte, wie schön dich zu sehen! Ich habe fein gekocht, den Rotwein geöffnet und den Kamin mit Buchenscheiten beschickt.» Sie sagt stattdessen: «Wie siehst du denn aus? Und was machst du überhaupt hier?» Ich sage, dass ich in diesem Haus wohne, und sie erklärt, dass sie erst morgen mit mir gerechnet habe. Kleines Missverständnis. Rotwein verkorkt, Kamin kalt, Küche ebenso. Sara fügt hinzu, dass sie zudem verabredet sei, weil ich ja morgen habe nach Hause kommen wollen. Davon kann zwar überhaupt keine Rede sein, aber ich bin erschöpft. Und immer noch verärgert wegen meines Ausstiegs ohne Augenmaß. Immerhin tue ich Sara leid. Sie sagt: «Du kannst ja mitkommen!» Sie habe sich mit ein paar Freundinnen beim Italiener verabredet. «Ach nein, da störe ich doch nur», jammere ich, doch Sara will weder denen absagen, noch auf meine Gesellschaft verzichten.

Auf der Hinfahrt instruiert sie mich, dass Diskretion bei ihren Freundinnen oberstes Gebot sei. Bedeutet: Man redet niemals über Anwesende. Und: Unangenehme Geschichten dürfen niemals auf einen selber zurückfallen. Man offenbare unter Frauen beispielsweise nicht, dass man von einem Diätmittel Durchfall bekommt, sondern: Eine Bekannte einer Nachbarin der Schwägerin von der Metzgerin hat ja Maleur de Kack von diesem Zeugs gekriegt. Habe man gehört.

Und man bittet auch nicht um die Telefonnummer eines Fachmannes für erektile Dysfunktion, sondern frage ganz beiläufig, wie noch mal der nette Arzt hieß, der dem Mann von der Susanna so geholfen habe. Man habe den im Supermarkt gesehen und ihn grüßen wollen, sich dann aber nicht mehr an seinen Namen erinnert. Ich frage Sara, warum ihre Freundinnen nicht einfach ehrlich seien. Es sei doch unendlich anstrengend, so kompliziert zu kommunizieren. Aber Sara meint, das sei alles nur eine Frage der Übung.

Bei Tisch halte ich mich zurück und werde dafür von den Frauen geduldet, die sich im weiblichen Diplomatensound hauptsächlich über ihre Gatten und Ernährung und Erziehung unterhalten und wem im abwesenden Bekanntenkreis welche Hosen echt überhaupt nicht stünden. Gähn. Kein Wort über Fußball übrigens.

Aber: Beim Tiramisu erzählt Claudia eine total irre Geschichte, die ihr die Frau aus der Bäckerei weitertratschte, die es von einer Kundin hörte, die es angeblich sogar mit dem Handy gefilmt hat. Jedenfalls war da heute Nachmittag ein Typ bei der S-Bahn, der versucht hat, den 120 Zentimeter hohen Bahnsteig raufzuklettern, mit einem Handy im Mund. Total witzig sei der gewesen, wie Dick und Doof in einer Person habe der sich angestellt. Bestimmt sei der aus dem Dorf. Sie wolle wirklich gerne wissen, wer das gewesen sei, aber auf dem Film sehe man ihn nur von hinten.

Auf der Rückfahrt frage ich Sara, ob Claudia gewusst habe, dass sie von mir erzählte. Und Sara sagt: «Natürlich! Das wusste doch jeder.» Und ich denke: Frauen sind rätselhaft. Aber irgendwie toll.

Erbfolgen

Nicht dass ein falscher Eindruck entsteht. Es ist auf keinen Fall so, dass ich etwas gegen das englische Königshaus hätte. Überhaupt nicht. Nein. Es interessiert mich nur nicht die Bohne. Mir ist die Familie Windsor völlig wumpe, latte, schnuppe, wurst. Wie überhaupt alle Monarchien dieser Welt. Ich kann die schon nicht voneinander unterscheiden, die schwedischen, die holländischen, dänischen oder spanischen Angehörigen diverser Königshäuser. Ich vermag nicht zu sagen, wer wozu gehört. Ich weiß wohl, dass ein bärtiger Prinz existiert, vermählt mit einer Dame, die sich bei Filmaufnahmen die Haare angezündet hat. Wer war das noch mal? Ein Mann, dessen Name klingt wie ein Edelgas. Fällt mir nicht mehr ein. Bin ich ein Ignorant? Ja, schon. Aber die meisten Menschen kennen auch die Namen der meisten Edelgase nicht, und die sind erdgeschichtlich nicht unbedeutender als die europäischen Königsfamilien.

Ich würde einen echten Windsor vermutlich nicht einmal erkennen, wenn er bei Aldi vor mir an der Kasse stünde. Ich wäre ein lausiger Untertan. Von Prinz Harry weiß ich bloß, dass er mit einer Hakenkreuzbinde am Oberarm besoffen auf Fotos zu sehen war. Was für ein lustiger Lausbub, ach ja. Oder war das William? Und die beiden möchten furchtbar gerne mal in den Krieg ziehen, habe ich gelesen. Vermutlich muss für sie irgendwo ein Krieg organisiert werden. Hübsche Jungs sind sie auf jeden Fall. Nach allem, was sich auf Bildern erkennen lässt, hat sich William recht geschickt aus dem segelohrigen Erbgut seines Vaters hervorgemendelt.

Sind Prinz Harry und Prinz William nicht auch irgendwie mit Prinz Ernst August verwandt? Jawoll, sind sie. Ernst August von Hannover steht übrigens auf einem nicht völlig aussichtslosen 395. Rang in der Thronfolge, wurde davon aber ausgeschlossen, weil er eine Katholikin geheiratet hat, nämlich Caroline von Monaco. Sie gehört zum Geschlecht der Grimaldis, und das ist im Vergleich zur englischen Königsfamilie mehr so Reihenhausadel. Echt. Habe ich mir angeguckt, als ich mal in Monaco war. Da kann man den Palast besichtigen, aber er sieht ziemlich angeschrammt aus, besonders die Möbel. Alles voller Kratzer und Wasserkränze auf dem Esstisch.

Entschieden eindrucksvoller gestaltet sich im Fürstentum Monaco der Besuch des ozeanographischen Museums, in welchem ein Tiefseetintenfisch ausgestellt wird, der Schuppen hat. Man taufte ihn nach dem Fürstenhaus Lepidoteuthis Grimaldii, warum weiß ich nicht. Vielleicht hat Prinz Albert ja auch Schuppen, wobei: Der trägt die Haare sehr kurz, der Prinz Albert. Ernst August käme dafür eher in Frage.

Es ist eine schöne Sitte, dass Pflanzen und Tiere nach Adligen benannt werden. Auf diese Weise lebt ein Geschlecht leistungslos in Flora und Fauna fort und sichert den Fortbestand der Familie weit über die eigenen genealogischen Möglichkeiten hinaus.

Ein wenig langweilig mutet dabei die Tatsache an,

dass so ziemlich jedes Mitglied irgendeines Herrscherhauses einmal Namenspate für eine Rose wird. Es existiert eine, die nach Lady Diana benannt ist, und eine, die Fürst Bismarck heißt, und eine Kaiserin-Auguste-Viktoria-Rose gibt es ebenfalls. Das ist schön, verliert seine glamouröse Wirkung jedoch durch die gleichzeitige Existenz der Heidi-Klum- und der Roy-Black-Rose.

Nach Prinz Charles ist immerhin eine zwar unbewohnte, aber relativ große Insel in Kanada benannt worden. Sie wurde im Geburtsjahr des Prinzen entdeckt und beheimatet größere Bestände des Weißbürzel-Strandläufers und des Thorshühnchens.

Auch der Gatte von Kate Middleton ist bereits Namensgeber. Prinz Charles hat vor zwei Jahren eine auf den Galapagos-Inseln gefundene Schildkröte nach seinem Sohn William getauft. Kate liegt in dieser Hinsicht noch weit hinten, kann aber in den nächsten Jahrzehnten aufholen. Nach ihr sind bisher nur eine Bluse und eine Handtasche benannt worden. Aber wie gesagt, mir ist das vollkommen: egal.

Tonis Extrawurst

Manchmal müssen wir in die Schule. Dort werden wir für das Verhalten unseres Sohnes gemaßregelt. Einmal lief er im Unterricht durch die Klasse, weil ihm sein Bleistift davongerollt war. Einmal brachte er heimlich Süßigkeiten mit und verteilte sie wie ein Drogendealer Gratisproben. Einmal prügelte er sich mit einem Jungen, der ihm sein Skateboard geklaut hatte. Er ist kein Heiliger, er ist: acht. Und manchmal gehen mir diese Erziehungsgespräche auf den Keks. Am liebsten hätten sie in der Schule nur achtjährige Mädchen mit Handarbeitsfimmel. Einmal hieß es, dass die Jungen in leistungsrelevanten Bereichen ihre Energie nicht effizient einsetzten. Ich wies dann darauf hin, dass mein Sohn keine Legehenne sei und auch kein Doppelkernprozessor. Die Kinder müssen sich natürlich benehmen, aber Kinder sollten sie schon auch noch sein dürfen. Finde ich.

Diesmal ging es um ein Käsebrot, welches Nick seinem Kumpel Fritz an den Kopf geworfen hätte, wie es in roter Schrift in seinem Hausaufgabenheft hieß. Nick behauptete, er habe gar nichts geworfen, das Käsebrot allerdings an Fritzens rechtem Ohr zerschmettert, weil dieser ihm zuvor immer wieder Luft durch einen Strohhalm in sein linkes Ohr gepustet habe. Dinge, die Achtjährige unter sich ausmachen sollten, aber auf mich hört ja niemand. Wir hätten um 14:30 Uhr zu einem Gespräch zu erscheinen.

Mein Schwiegervater Antonio war zu Besuch. Er saß an unserem Esstisch und hörte zu. Dann entschied er: «Dakommi mit.» Sara versuchte, ihn daran zu hindern. Er hat vor zweiundzwanzig Jahren einmal probiert, beim Elternsprechtag ihren Chemielehrer mit dem Inhalt der Kasse seines Kegelclubs zu bestechen. Aber Antonio hatte bereits die Jacke an. «Da gehi hin und regle der Dingeda.»

In der Schule hockte sich Antonio Marcipane direkt der Lehrerin gegenüber, die an ihrem Pult saß. Sara und ich nahmen hinter ihm Platz. Ich war sehr gespannt. Nachdem Antonio sich vorgestellt hatte, sagte Frau Braunhöfer: «Das ist schön, dass Sie so kurzfristig Zeit hatten.»

«Ware' Sie einemal im Krieg?», fragte Antonio. Ich schätze, dass Frau Braunhöfer ungefähr neunundzwanzig Jahre alt ist. Sie wollte antworten, aber er fuhr fort.

«Wari im Krieg», rief er. Gut. Er ist 1944 geboren. Im Krieg. So gesehen hat er nicht unrecht.

«Habi gesehen viel Leid und schlimme Dingeda. Und Käs am Ohr ist nickte eine davon.»

«Aber wir haben hier klare Regeln für das Miteinander», zeterte Frau Braunhöfer.

«Habi auch! Maki ein Vorschlag.» Antonio beugte sich vor und sprach leise mit Nicks Lehrerin. Als er fertig war, stand er auf und gab ihr die Hand. Er sagte feierlich: «Garantieri fur die Einehaltung der Ordnung an diese Schule.» Frau Braunhöfer entließ uns mit einem verunsicherten Lächeln. Auf dem Schulhof sagte ich zu Antonio: «Du wirst jetzt aber nicht gleich sagen, du hättest ihr ein Angebot gemacht, das sie nicht ausschlagen kann oder so etwas.» Antonio tat empört: «Io? No! Stupido! Habi Einsatz gemacht für Friede und Zusammenarbeit.» Am nächsten Tag fuhr er wieder nach Hause.

Seitdem hat Nick nichts mehr in der Schule verbrochen. Aber gestern rief Frau Braunhöfer an. Ob ich noch zu meinem Wort stünde. «Was 'n für 'n Wort?», fragte ich. Da offenbarte sie, dass der bezaubernde italienische Herr versprochen habe, dass ich der Schule tausend Biogrillwürste für das Sommerfest stiften würde. Ferner hätte Antonio die persönliche Grillierung der Ware durch meine Person und eine halbe Tonne Senf in Aussicht gestellt, wenn dafür Schluss sei mit den Einträgen im Hausaufgabenheft. Antonio habe im Gegenzug versprochen, dass Nick bis zum Sommer artig sei. Frau Braunhöfer teilte mit, dass sich Nick mustergültig benehme und fragte, ob ich beim Transport des Grillguts Hilfe durch den Hausmeister bräuchte.

Ich machte einen schwachen Versuch, mein Schicksal abzuwenden, aber dann schwante mir, dass mein Sohn sicher auch einen Deal mit Antonio hatte. Warum sonst benahm er sich wie der kleine Lord!? Ich beendete also hastig das Gespräch und suchte Nick, der im Apfelbaum saß und dabei war, ein Eichhörnchen mit Puffreis anzulocken.

«Was hat dein Opa dir versprochen?»

«Ich weiß nicht, was du meinst.»

«Los. Rede. Warum bist du so brav in letzter Zeit?»

Nick kletterte vom Baum und gestand, dass sie eine

Verabredung hätten. Er dürfe nicht darüber reden. Aber schließlich hat er es doch verraten. Antonio hat meinem Sohn versprochen, dass ich ihm zum Ende des Schuljahres eine Spielekonsole mit zehn Spielen kaufe, inklusive «Fluch der Karibik». Er würde das schon deichseln, hat Antonio gesagt. Soso. Da bin ich mal gespannt.

Gedanken für die Nachwelt

Was wohl eines Tages auf meinem Grabstein stehen wird? Ich frage mich das, weil mein Sohn mich das fragte. Nick kam vorhin ins Büro und setzte sich neben mich. Das macht er manchmal. Er darf nicht stören, hält dies aber nie lange aus. Meistens hackt er nach ein paar Minuten angestrengten Schweigens auf die Tastatur und ruft: «Da muss noch ein ‹k› hin.» Dann schmeiße ich ihn raus.

Diesmal störte er aber nicht. Er saß still da und wartete, bis ich einen Absatz fertig hatte. Dann fragte er: «Was soll auf deinen Grabstein?»

«Wie bitte?»

«Wenn du tot bist, müssen wir einen Grabstein kaufen und etwas draufschreiben. Was soll denn da stehen?» Ich fand gut, dass der Junge perspektivisch denkt. In der Regel fragt er allerdings, ob er mein Auto haben kann, wenn ich tot bin. Ich dachte einen Moment nach und sagte: «Es wäre hilfreich, wenn mein Name draufstünde.»

«Okay», sagte er. Ich fragte ihn, wie er auf dieses Thema gekommen sei, und er erzählte, dass sie in der Schule über Beerdigungen gesprochen hätten und darüber, dass jeder Grabstein anders sei und etwas über den Verstorbenen verriete. Häufig stünde deshalb ein Satz auf dem Grabstein, und da habe er sich gefragt, was er für mich draufschreiben solle.

«Ich denke darüber nach und sage dir rechtzeitig Bescheid», sagte ich. Dann hackte er ein «p» in die Tastatur, und ich warf ihn raus.

Doch der Gedanke ließ mich nicht los. Eigentlich kann mir ja egal sein, was da steht, aber es wäre nett, wenn meine Nachkommen keinen Blödsinn machten. Zu düster soll es sich aber auch nicht lesen. «Ende des Lebens, alles vergebens» oder «Der Tod ist schwer, das Leben ist schwerer» sind schreckliche Sätze. Etwas lebensbejahender darf es meinetwegen schon sein. Immerhin winkt ja die Chance auf eine Wiedergeburt als Bundespräsidentengattin oder Orakelkrake. Um sicherzugehen, dass der Stein textmäßig nicht zu schwer wird, lohnt sich ein klärendes Vorgespräch.

Von vielen zeitgeschichtlich bedeutenden Personen sind Grabsteinwünsche bekannt. Der Hollywoodstar Clark Gable soll angeblich auf folgendem Spruch bestanden haben: «Zurück zum Stummfilm.» Allerdings wurde diesem Ansinnen nicht entsprochen, man hat Clark Gable im Familienkreis wohl nicht ernst genommen. Genauso wenig wie WC Fields. Der wünschte sich für seinen Grabstein vergeblich den Satz: «Hier liegt WC Fields. Ich würde lieber in Philadelphia leben.»

Der Ansatz dieser Wünsche gefällt mir. Es fällt leichter, sich an den Verstorbenen zu erinnern, wenn prägende Worte aus dessen Wirken auf dem Grabstein stehen. In dieser Hinsicht leistet der Fernsehsender RTL Pionierarbeit für seine Moderatoren. Diese erkennt man mühelos anhand ihrer unermüdlich wiederkehrenden Phrasen. Der Restauranttester Christian Rach bezaubert mich zum Beispiel immer wieder bereits im Vorspann mit folgender hingetupfter Sentenz: «Teriyaki-Rinderfilet mit gegrillter Wassermelone auf Trüffel.» Das wäre doch ein schöner Satz für seinen Grabstein.

Bei Tine Wittler, dem blonden Todesengel der Innenarchitektur von «Einsatz in vier Wänden», enthält praktisch jede Ausgabe die Formulierung: «In ihrer neuen Wellnessoase kann die vierfache Mutter endlich mal richtig die Seele baumeln lassen.» Das ist jetzt natürlich ein bisschen lang zum Meißeln, und vielleicht ist Tine Wittler gar keine Mutter. Aber es klingt sehr authentisch. Etwas kürzer, aber umso poetischer nimmt sich der identitätsstiftende Spruch für den Stein von Inka-«Bauer-sucht-Frau»-Bause aus: «In Mittelfranken wartet der charmante Schweinebauer Harald auf Post.»

Was wird also später auf meinem Grabstein stehen? Wenn es danach geht, mit welchen typischen Worten ich meiner Familie ewig in Erinnerung bleibe, kann es nur einen Satz geben, der einem Grabstein auch eine ganz pikante Note verleihen würde: «Jetzt mach doch endlich mal einer die Tür zu, Himmelarsch!»

Jan Weiler

1967 in Düsseldorf geboren, ist Journalist und Schriftsteller. Er war viele Jahre Chefredakteur des *SZ Magazins* und Kolumnist beim *Stern*. Sein erstes Buch «Maria, ihm schmeckt's nicht!» gilt als eines der erfolgreichsten Romandebüts der letzten Jahre. Es folgten: «Antonio im Wunderland» (2005), «Gibt es einen Fußballgott?» (2006), «In meinem kleinen Land» (2006), «Drachensaat» (2008), «Mein Leben als Mensch» (2009) und «Das Buch der 39 Kostbarkeiten» (2011).
Jan Weiler lebt mit seiner Frau und seinen zwei Kindern in der Nähe von München. Seine Kolumnen erscheinen in der *Welt am Sonntag* und auf seiner Homepage www.janweiler.de

Larissa Bertonasco

geboren 1972 in Heilbronn, studierte Italienisch und Kunstgeschichte in Siena und Hamburg, dort anschließend Illustration an der HAW. Seit 2003 zeichnet sie als Freie für Magazine, gestaltet Bücher und ist Mitherausgeberin von *SPRING*, dem Heft der Zeichnerinnen. Sie hat zwei Kinder und lebt zusammen mit dem Maler Ari Goldmann in Hamburg.

Das für dieses Buch verwendete FSC®-zertifizierte Papier
Schleipen Fly liefert Cordier, Deutschland.